Três dias para sempre

Três dias para sempre

Janda Montenegro

Copyright © 2015 Editora Novo Conceito
Todos os direitos reservados.

Nenhuma parte desta publicação poderá ser reproduzida ou transmitida de qualquer modo ou por qualquer meio, eletrônico ou mecânico, incluindo fotocópia, ou qualquer outro tipo de sistema de armazenamento e transmissão de informação sem autorização por escrito da Editora.

Esta é uma obra de ficção. Nomes, personagens, lugares e acontecimentos descritos são produto da imaginação do autor. Qualquer semelhança com nomes, datas e acontecimentos reais é mera coincidência.

1ª Impressão — 2015

Produção editorial:
Equipe Novo Conceito
Impressão e Acabamento Intergraf 161214

Dados Internacionais de Catalogação na Publicação (CIP)
(Câmara Brasileira do Livro, SP, Brasil)

Montenegro, Janda
  Três dias para sempre / Janda Montenegro. -- Ribeirão Preto, SP : Novo Conceito Editora, 2015.

  ISBN 978-85-8163-658-0

  1. Ficção brasileira I. Título.

14-11514   CDD-869.93

Índices para catálogo sistemático:
1. Ficção : Literatura brasileira 869.93

Rua Dr. Hugo Fortes, 1885 – Parque Industrial Lagoinha
14095-260 – Ribeirão Preto – SP

www.grupoeditorialnovoconceito.com.br

We clawed, we chained, our hearts in vain
We jumped, never asking why
We kissed, I fell under your spell
A love no one could deny

Wrecking Ball — MILEY CYRUS

Ao meu pai, pelas histórias que lia para mim quando eu era criança.

Aos vinte e sete anos, Eveline achava que estaria em outra fase de sua vida. Outro lugar, outras pessoas, num patamar maior, mais próximo de tudo que ela havia sonhado para si mesma quando era criança. Porém, aos vinte e sete anos, Eveline estava sozinha, às seis da manhã, no Aeroporto Internacional do Rio de Janeiro, segurando uma placa, esperando alguém que ela nem sequer conhecia.

Mas ela não tinha opção; tinha de estar ali.

Porque, aos vinte e sete anos, Eveline estava no Rio de Janeiro, sem família, sem emprego, sem apartamento e, por mais que doesse a lembrança, sem o desgraçado que lhe pedira em casamento, que a fizera sair de Barreiras, no interior da Bahia, e se mudar sozinha para uma cidade agitada como o Rio, apenas para depois, dispensá-la no altar, via mensagem de texto.

Agora, com o orgulho ferido, ela simplesmente não podia voltar para sua cidade natal. Barreiras, apesar de ser ligeiramente grande, ainda conservava muito de uma cidade interiorana, o que significava que todo mundo sabia — e cuidava — da vida dos outros, o que significava que, a essa altura, todo mundo sabia que a linda Eveline, de tez morena cor de jambo e olhos jabuticaba, que se encantara pelo carioca e que largara tudo para "viver na capital", tomara um pé na bunda em pleno altar, para felicidade das velhas fofoqueiras.

Não, ela não podia voltar. Nunca fora uma moça orgulhosa, mas, caso resolvesse retornar a Barreiras, certamente sofreria rejeição de todos e terminaria seus dias como uma solteirona, com a casa cheia de gatos, cuja história serviria para as próximas gerações como exemplo a não ser seguido.

Não. Os últimos seis meses no Rio de Janeiro tinham sido terríveis, e possivelmente os próximos não seriam muito animadores. Ainda assim, era melhor do que ser rejeitada por pessoas que uma vez ela chamara de amigas, com as quais partilhou momentos na infância. Ela sabia, no fundo, que aquela gente não o faria por mal — a maioria, ao menos. Era assim que as coisas aconteciam por lá. Por isso preferia não voltar, e dessa maneira conservaria a lembrança dos amigos do passado, todos ainda bons indivíduos, que ela gostaria de voltar a ver um dia, em outras circunstâncias.

Até lá, era preferível sofrer sozinha na cidade grande, onde ninguém a conhecia e onde não devia nada a ninguém.

Eveline olhou para o relógio em seu pulso. Seis e meia da manhã.

— Saco!

Na boa. Que pessoa se sentiria feliz por estar no aeroporto às seis e pouco da manhã no primeiro dia do ano novo? Enquanto a maioria ainda voltava para casa, saindo das festas ou começando a curtir a ressaca, ela já estava de pé, maquiada e trabalhando, bem longe de casa.

Mas não havia muita opção, e, no fundo, Eveline sabia disso. Esse era o preço a pagar para continuar no Rio de Janeiro, mesmo que, para ser honesta consigo mesma, ela desse tudo para sair dessa cidade. Quando pequena, tal como todas as outras garotas da sua idade, ela sonhava conhecer o lugar que era cenário de tantos romances e tantas novelas, especialmente as do Manoel Carlos.

Sonhava mergulhar no mar e ver o Cristo, conhecer os cariocas e seu peculiar modo de falar, passear pelo calçadão como se fosse a Garota de Ipanema, mesmo sem ter o perfil de protagonista de novela de horário nobre.

Hoje, nada disso importava, nada disso tinha graça. Ela estava apenas passando os dias, um após o outro, ganhando tempo para saber o que fazer da sua vida. Talvez o Rio não fosse sua nova casa, mas saber que não podia voltar para Barreiras facilitava as escolhas — agora ela só seguiria adiante, mesmo que de vez em quando batesse a saudade dos pais.

Impaciente, Eveline passou a mão pela cabeça e voltou a sentir falta dos cabelos longos. Não pela última vez, amaldiçoou o ex por tê-la convencido a trocar suas longas madeixas por um corte curto e moderno. Agora, seis meses depois, o cabelo crescendo desenfreado, ela sentia que até isso o cretino havia roubado. Só que agora, com o cabelo curto, ela não tinha paciência ou dinheiro para ir todos os meses ao salão para aparar o formato (os males dos cortes curtos e modernos!), tampouco aguentava esperar que os fios ficassem longos de uma vez. Na dúvida, deixava-o crescer, com a desculpa de que essa não era uma preocupação imediata.

Eu não sei nem o que fazer com o meu cabelo, que dirá com a minha vida!, pensou, enquanto novamente passava a mão pelas madeixas e as puxava, querendo acreditar que, assim, as ajudava a crescer mais rápido.

— Feliz Ano-Novoooooooooooo! — gritou uma senhora ao seu lado, correndo ao encontro de alguém que parecia ser seu filho. O jovem, que empurrava um carrinho com duas malas, largou tudo para um abraço apertado, com direito a rodopio. A mulher deu gritinhos de reprimenda, que na verdade significavam o oposto.

A cena despertou Eveline, fazendo-a voltar para o presente. Olhando ao redor, pela primeira vez ela percebeu que não era a única ali. Aparentemente havia muitas pessoas aguardando, quase todas com olhos ansiosos. Viajar no Ano-Novo pode parecer uma péssima ideia para alguns, mas naquele momento ela começou a notar que poderia ser uma boa ideia. Certamente era uma viagem mais barata; afinal, quem quer passar a virada do ano voando? Entretanto, se no seu destino há alguém querido esperando por você, que presente melhor do que chegar de viagem nas primeiras horas do ano para abraçar e beijar a pessoa amada? Uma onda de compaixão a invadiu e por um momento ela invejou todas aquelas pessoas que estavam ali e eram amadas, e aguardavam alguém a quem certamente amavam também. Ela, ao contrário, simplesmente segurava uma placa.

A única pessoa que ficara ao seu lado desde o seu "quase casamento" fora a Raffa, recepcionista-chefe do hotel no qual a jovem se hospedara na véspera do casamento e no qual a cerimônia seria realizada, caso o noivo tivesse comparecido. Após o fiasco, quando todos os convidados foram embora, Raffa encontrou Eveline debaixo da mesa do bolo, encolhida, abraçando as pernas e fitando o vazio. Ela lhe estendeu a mão e a convidou para voltar para a suíte e se trocar, uma vez que já não havia mais ninguém ali. Como a moça não respondeu, Raffa a conduziu pela mão até que ela estivesse na segurança do seu quarto, para lamber suas feridas.

Três dias depois, Raffa bateu na porta da suíte e, não recebendo nenhuma resposta, usou sua chave-mestra para entrar no aposento. Lá, encontrou Eveline exatamente na mesma posição, ainda usando o vestido de noiva, e visivelmente abatida. Raffa teve compaixão da moça e a ajudou a tirar o vestido e a colocar roupas confortáveis. Em seguida, convidou-a para trabalhar para ela no hotel, fazendo alguns bicos informais até que ela decidisse se queria permanecer na cidade ou não. Disse também que as diárias da suíte não seriam cobradas, mas que a partir daquela noite ela teria de ir para um dos quartos reservados aos funcionários, no primeiro andar.

Eveline permaneceu calada. Raffa tomou isso como um sim e a conduziu a seu novo quarto. Desde então, em troca da moradia-temporária-que-já-durava-seis-meses, Eveline fazia pequenos serviços para a gerência, em sua maioria recebendo passageiros e turistas nos aeroportos e conduzindo-os ao hotel, certificando-se de que não se perderiam no caminho. Não era um serviço complicado, e, mesmo sem saber falar inglês, ela nunca tivera problema para se fazer entender com os estrangeiros.

Trabalhar no primeiro dia do ano tinha um quê de aporrinhação, mesmo que Eveline não tivesse feito nada de especial na véspera e tivesse ido se deitar à uma da manhã. No fundo, o que a incomodava era o fato de, há seis meses, ela pensar que hoje estaria passando o primeiro Ano-Novo com o marido, rodeada por sua nova família e, possivelmente, já esperando um filho do casal.

Mas nada disso tinha ocorrido e Eveline não conseguia conter o mau humor.

Os passageiros do voo que ela aguardava começaram a sair, e Eveline levantou sua placa um pouco mais alto. Ela aguardava um casal, então, toda vez que via um homem e uma mulher juntos, se esticava toda. Os minutos se passavam, os abraços diminuíam, o relógio marcava oito horas e nada do casal.

— Com licença. Todos os passageiros desse voo já saíram? — ela perguntou a um policial federal sentado na saída do desembarque.

— Sim — respondeu ele, sonolento.

Maravilha, ela pensou. *Não só me fizeram vir aqui cedo pra caramba no primeiro dia do ano, como também não apareceram, e me fizeram vir à toa!*

— Alô, Raffa? É a Eveline. — Enquanto segurava o celular com o ombro, ela guardava a placa do hotel na bolsa e puxava a carteira. — Então, os pax não apareceram.

— Jura?? Caramba... — A recepcionista pareceu mesmo decepcionada.

— Pois é. O pouso estava marcado para as seis horas, já são oito, todo mundo já desembarcou, mas nada deles. Acho que ficaram de festa ontem e se esqueceram da viagem.

— É bem provável! — Raffa brincou; uma experiência com hóspedes indicava que isso era bem provável.

— O que você quer que eu faça?

Diz que eu posso ir embora! Diz que eu posso ir embora! Diz que eu posso ir embora!

— Olha, já que todo mundo desembarcou e eles não vieram, você pode vir embora.

Uhu!!

— Mas eu vou te pagar de qualquer forma. E não se esqueça de trazer o recibo do táxi da ida, ok? Você não teve dificuldade pra chegar aí hoje, teve?

— Bom, na verdade, tive, sim. Todos os taxistas estavam cobrando valores exorbitantes. Você não vai gostar nem um pouco do recibo que eu vou te dar.

— Ai...

Eveline sorriu.

— Paciência, né? Vem aqui pro hotel logo, pra você descansar. Estamos te aguardando. Eu vou ligar para o motorista e dispensá-lo também; afinal, ninguém merece ser esquecido, né?

Nem vir à toa para o aeroporto a esta hora da manhã.

— Ok. Tchau.

Raffa não era exatamente uma amiga, mas Eveline gostava de pensar que era, para se sentir menos solitária nessa cidade que não era a sua. Ouvi-la dizer "Vem logo, estamos te aguardando" trouxe algum conforto ao seu coração, como se a outra realmente sentisse sua falta e desejasse que ela descansasse.

Talvez tudo que Eveline precisasse agora fosse encarar o novo ano com outros olhos, outras atitudes, e permitir que finalmente sua vida melhorasse.

capítulo 2

Do lado de fora do aeroporto, o bafo quente do verão carioca arrancou qualquer reminiscência da chuva da madrugada. Quando Eveline acordara naquela manhã, ainda caíam as últimas gotas do céu, o que aumentou a preguiça de sair para trabalhar. Era a primeira tempestade de verão do ano, que viera para lavar os amores antigos e limpar o céu para as novas paixões.

Eveline se encaminhou para a fila do ônibus. Enquanto andava, observou a quantidade de turistas que chegavam para embarcar — a grande maioria bêbada, porém superfeliz, e ela não conseguiu evitar invejá-los. Ela não bebia, era verdade, mas, fosse qual fosse o problema que aquelas pessoas tivessem, nada disso importava naquele momento. Eveline sentia falta de sentir-se leve assim.

Um grupo de cerca de trinta argentinos, aparentemente todos de uma mesma família, embarcava no ônibus que fazia o transfer entre o aeroporto e a cidade. Será que haveria espaço para ela? Eveline não queria ter de esperar o próximo ônibus, que seria dali a uma hora. Estava exausta, mal-humorada, e tudo que queria era ir para casa e se enfiar debaixo das cobertas, mesmo que a "casa" fosse o quarto dos funcionários do hotel.

Quando parou no fim da fila, reparou em dois rapazes à sua frente. Ambos eram lindos, tipo modelos, e pareciam estar se reencontrando depois de muito tempo. Eveline reparou em ambos, mas se demorou no mais baixo deles, embora tanto um quanto o outro fossem bem altos. O rapaz a olhou nos olhos também, com a mesma intensidade, e nenhum dos dois desviou o olhar.

Nossa, que cara lindo!, ela pensou, finalmente desviando o rosto e fingindo contar o dinheiro. *Nossos filhos seriam lindos!* Imediatamente Eveline balançou a cabeça, recriminando-se por esse pensamento. Desde quando se tornara o tipo de garota desesperada que fica escolhendo parceiros pelas ruas, avaliando suas qualidades físicas e ponderando se sua prole seria bonita ou não?

Entretanto, ela não conseguiu reprimir um sorriso. Os filhos deles realmente seriam lindos.

O grupo de argentinos terminou de colocar suas malas no bagageiro e subiu no ônibus. Eveline observou o rapaz. Devia ter um metro e setenta e cinco, mais ou menos, mais alto que ela. Moreno, bem bronzeado, provavelmente porque já estivesse no Rio de Janeiro havia dias e provavelmente aproveitava o sol infinito do verão carioca. O cabelo curto e espetado combinava com a barba rala, que lhe dava um charme de garoto-propaganda de perfume importado. Mas os olhos dele eram da mesma cor dos de Eveline, e foi nisso o que ela reparou, acima de tudo.

O rapaz subiu no ônibus e Eveline ficou aguardando que o outro subisse junto. Porém, como o outro não se mexia (estaria ele também disfarçando, contando o dinheiro?), ela resolveu subir. Então, entregou o dinheiro ao motorista e passou pela catraca, atenta ao movimento do outro rapaz atrás de si, que subiu logo em seguida.

O ônibus estava quase todo lotado, restando apenas as duas últimas poltronas no fundo. Considerando que um dos rapazes tinha uma mochila como bagagem e o outro não tinha nada, Eveline ponderou suas opções. A gentileza lhe dizia para deixar um banco vazio para o rapaz da mochila, mas isso seria muito mais fácil se ele tivesse entrado na sua frente. Na dúvida, resolveu não parecer esquisita e se sentou no banco vazio da esquerda, deixando o da direita livre, onde o primeiro rapaz se sentou.

Sentar provavelmente não era uma boa ideia. Imediatamente ela sentiu todos os seus músculos relaxarem, gritando por um descanso que a noite de Ano-Novo não lhe dera. Por mais que tivesse ido para o quarto cedo, a festa no hotel tinha rendido até a hora em que saíra para o aeroporto, impedindo-a de adormecer profundamente, interrompida a todo momento pelo constante som de gritos e de fogos de artifício.

O outro rapaz se aproximou e se sentou ao lado do amigo. Por ser mais alto, suas pernas muito longas, somadas com o volume da mochila, faziam com que mal coubesse na poltrona. Eveline quis ignorar a situação, mas o bom senso falou mais alto. Ela sabia que a viagem até a cidade duraria pelo menos meia hora, e o rapaz estava visivelmente incomodado naquela posição. Talvez ela não pudesse acabar com a fome do mundo, mas, naquele momento, podia fazer um gesto de gentileza que acabaria com o desconforto de uma pessoa. Eram os pequenos gestos do dia a dia que faziam a diferença, ela acreditava. Mesmo que não houvesse um Dia do Juízo Final para fazer a contabilidade de suas boas ações em vida.

Ela soltou um longo suspiro, retendo os músculos já relaxados, e falou:

— Oi, você quer trocar de lugar comigo ou deixar sua mochila no banco ao meu lado? — ela perguntou devagar, mastigando as palavras, pois os dois tinham cara de gringos e não entenderiam português. Ela apontou as coisas enquanto falava, para facilitar.

O rapaz olhou para ela e, meu Deus, ele também era lindo!

De onde quer que os dois fossem, definitivamente, Eveline pensou, um dia ela teria de ir conhecer o local de onde eles vinham.

— Você não se incomoda?

Ué?! Ele fala português?

— Hum, não. Dá pra ver que você não cabe aí, com todas as suas coisas.

Ele sorriu. Os olhos cinza pareciam brilhar em contraste com os dentes muito brancos. Ele podia ser mais alto, mas o outro era mais bonito. Por meros detalhes, era verdade, mas ainda assim ela elegia o outro como mais bonito.

Por isso mesmo, decidiu falar apenas com o mais alto.

Ele se levantou e, imediatamente, Eveline imitou seu gesto, indo para o corredor a fim de lhe dar passagem. Ela esperava que ele colocasse a mochila na poltrona da janela, anteriormente vazia, para que ela voltasse a se sentar no corredor e o rapaz ficasse com o amigo. Mas não foi isso que aconteceu.

O jovem de olhos cinza largou a mochila no banco ao lado do amigo, atravessou o corredor e se sentou junto à janela, deixando o banco do corredor para Eveline.

Por alguns segundos ela não soube o que fazer. Aquilo não fazia muito sentido. Quer dizer, ela até poderia entender que ele não quisesse deixar a mochila com uma desconhecida, mas, pelo gesto de gentileza, não esperava que ele fizesse o rearranjo dessa forma.

Confusa, ela balançou a cabeça e deixou o assunto de lado, sentando-se novamente em seu lugar e fechando os olhos, esperando poder voltar a relaxar mesmo que todo o seu corpo estivesse consciente da presença daqueles dois estranhos extremamente atraentes.

— Como foi na Bahia, jovem?

— Foi massa! Ficamos numa praia que era praticamente nossa, quase ninguém ia lá.

— E onde fica isso?

— Ah, não sei. Meu primo que sabe. Ele me levava pros lugares e eu nem perguntava, só seguia o roteiro. Foi a melhor coisa! Planejar não combina com férias.

Sério mesmo que eles vão ficar conversando comigo no meio?

Eveline queria relaxar e adormecer, aproveitar esses minutos da viagem com pessoas que ela nem conhecia para se esquecer de tudo e ficar alguns minutos consigo mesma, sem se preocupar com hóspedes, com seu passado ou com seu futuro. As viagens de ônibus sozinha indo ou vindo do aeroporto eram a melhor parte do seu trabalho, pois era quando ela fingia ir viajar de verdade, que aquele ônibus ia levá-la para outra cidade, onde ela seria feliz, onde haveria um homem que a faria feliz e não a deixaria esperando no altar, na frente de seus pais e de duzentos desconhecidos.

Só que aparentemente aquela não seria uma viagem para sonhar.

— Jovem, eu nem acredito que você veio me buscar!

— Sussa, cara. Tá tranquilo.

— Pô, sério mesmo. Você veio aqui a esta hora, e hoje, ainda por cima! Brigadão mesmo!

— Tá de boa.

Não, eles não iam parar de falar.

Se soubesse que seria assim, Eveline não teria feito a gentileza.

Ele se remexeu na poltrona, num gesto para ver se fazia os dois prestarem atenção que ela estava ali e que eles a estavam incomodando com aquele papo todo.

— Deve ter sido difícil chegar aqui hoje.

— É, foi meio complicado. Tive que me juntar com uns gringos e rachar um táxi, porque nenhum queria trazer os caras pra cá, daí desenrolei em português mesmo e evitei que os gringos pagassem o dobro. Em troca eles me deram uma carona. Mas tá beleza, tamo aqui e isso que importa.

Quero dormir...

De repente o rapaz à direita fez um movimento brusco, afastando a mochila de lado e aproximando o corpo do corredor.

— Véi, você pagou tua passagem?

— Paguei, por quê?

— Nããããão! Eu já tinha pagado tua passagem!

— É sério?

— Sim, falei pro motorista que tava pagando a minha e a tua. Vai lá!

Ah, não...

Eveline suspirou profundamente e abriu os olhos. Era inútil fingir que dormia quando haviam se passado apenas poucos minutos, e quando estava bem óbvio que os dois falavam tão alto que, mesmo que ela quisesse, não conseguiria adormecer. Ela inclinou o rosto um pouco para a esquerda, com um meio sorriso nos lábios, de modo a mostrar ao rapaz ao seu lado que tinha ouvido o que eles haviam dito e que ele não precisava pedir, ela já sabia o que fazer.

Mesmo com as costas reclamando, Eveline reuniu forças e se levantou novamente, dando passagem para o rapaz sair pelo corredor e ir falar com o motorista.

Eveline ponderou por alguns segundos se deveria voltar a se sentar ou ficar em pé. A conversa do rapaz com o motorista com certeza não demoraria muito, e o esforço de ter de se levantar de novo não a atraía. Então resolveu ficar em pé e aguardar o outro voltar para poder se sentar de vez e não mais se mexer.

De repente, o ônibus deu uma parada brusca e Eveline perdeu o equilíbrio. Seus braços se soltaram do encosto da poltrona em que se seguravam e ela tentou alcançar a primeira coisa que viu pela frente. Acabou agarrando parte da mochila à sua direita.

E seus olhos se encontraram com os dele.

Por um instante, Eveline esqueceu onde estava e quem era. Ficou completamente absorta naquele mar negro profundo. O rapaz a olhava com curiosidade, mas a sensação era de que havia um ímã que a empurrava para a frente, na direção dele. Da posição em que estava, um pouco mais abaixo, o semblante do rapaz contrastava com a luz que vinha de fora, dando um tom acobreado à sua pele.

Era o tipo de homem que poderia ter a mulher que quisesse.

Com esse pensamento, Eveline afastou os olhos e se ergueu, ignorando a mão estendida para ajudá-la.

— É mole? O motorista disse que tinha esquecido que você tinha pagado minha passagem! — Eveline ouviu uma voz atrás de si. O outro rapaz estava de volta e já tomava seu assento. Ela o seguiu.

— Como assim esqueceu? Eu paguei sua passagem meio segundo antes de você passar! — respondeu o outro.

— Foi o que eu falei!

— Cara, eu juro que não entendo esse negócio das pessoas quererem se aproveitar umas das outras. Sério, pra quê isso?

Eveline estava novamente sentada, novamente decidida a ignorar a presença dos dois e tentar descansar — ou ao menos fingir.

— Tsc. Relaxa. É Ano-Novo.

— Mesmo assim. Às vezes tenho a impressão que todo mundo nesta cidade quer se aproveitar do turista de alguma forma.

— Ah... é assim em qualquer parte do mundo...

Contra sua própria vontade, Eveline sentiu-se um pouco irritada com o comentário do rapaz. O Rio de Janeiro não era sua cidade natal, e, a bem da verdade, ela não tinha passado bons momentos ali, mas as poucas pessoas que havia conhecido até então não só a ajudaram como foram mais do que generosas com ela e com a situação em que se encontrava.

Ela cruzou a perna e sentou em cima das próprias mãos, a fim de não demonstrar qualquer reação.

— Bom, pelo menos ele devolveu meu dinheiro.

Os dois riram.

O ônibus fez uma curva para a direita e, pelos cálculos de Eveline, deveria estar saindo da Linha Vermelha e se dirigindo para São Cristóvão, para dali seguir o caminho por baixo. Então parou.

— Já chegamos? — perguntou a voz vinda de seu lado direito.

Desisto de tentar dormir. Definitivamente, eles não vão me deixar em paz.

— Não, vocês não chegaram — respondeu ela.

O rapaz do lado esquerdo riu.

— Você sabe para onde vamos? — perguntou ele.

— Não. Mas dificilmente alguém pede para descer em São Cristóvão, ainda mais com malas.

Ele riu novamente.

— Você é esperta. — Ele apoiou o braço no banco da frente e sustentou a cabeça com a mão. — Nós vamos para Copacabana.

— Hum. Legal. Eu também. Aviso vocês quando chegarem lá.

Ela tinha decidido dar o assunto por encerrado. Mesmo que aquele ao seu lado fosse menos bonito que o outro, ainda assim era bonito demais, e isso a deixava nervosa. Homens bonitos a deixavam muito, muito nervosa, a ponto de falar besteira demais, ou simplesmente se calar. Ela não conseguia raciocinar perto de gente bonita, fato.

— Você vai para lá também? — perguntou aquele que estava à sua esquerda.

Ela suspirou. Não tinha jeito, teria de conversar.

— Vou.

— Você mora lá?

Hum... é complicado.

— Digamos que sim.

— Digamos que sim? — repetiu o da direita. — Como assim "digamos que sim"?

— Eu não sou daqui. Eu estou aqui.

E por que estou dando informações pessoais a dois desconhecidos?, recriminou-se Eveline.

— É mesmo? E de onde você é? — interessou-se o de olhos negros.

— Bahia.

Ela sentiu um movimento ao seu lado esquerdo. O rapaz ali havia se interessado pelo assunto.

— Da Bahia, é? E de onde na Bahia? — ele brincou, imitando o sotaque.

— Barreiras. Fica pro interior, longe das praias e do turismo.

Foi só naquele momento, quando falou pela primeira vez de sua cidade natal, que ela sentiu a mágoa em sua voz ao tocar nesse assunto. Ela achava que já o superara, mas, ao que parecia, ele apenas estava adormecido.

Os meninos, entretanto, pareceram não notar nada.

— Não cheguei a ir pro interior, não. Eu estava no sul com meu primo, ele me levou pra um monte de praias que eu não lembro o nome, mas preciso dizer: as praias na Bahia são lindas!

— Devem ser — comentou ela.

— Oxe, tu não conhece, não? — provocou o da esquerda, ainda imitando o sotaque.

— Não, não. Nunca fui.

O desgraçado disse que um dia me levaria.

— Oxe, e como pode isso?

— Pois é, não tive oportunidade. Ainda. — Ela queria encerrar o assunto, com medo de aquela conversa tomar rumos que despertassem memórias adormecidas.

— E você está fazendo o que aqui no Rio de Janeiro? — continuou o mais bonito deles.

Não ia adiantar. Ou aquele ônibus seguia mais rápido para chegar ao hotel logo e ela poder descansar, ou ela ficaria conversando com os dois. Aparentemente só havia a segunda opção.

— Estou a trabalho.

Não deixava de ser verdade. Podia ser que esse não tivesse sido o motivo que a trouxera ali, mas era o que a fizera ficar. Pelo menos até ela decidir aonde ir em seguida com sua vida.

— E você trabalha com o quê? — quis saber o da esquerda.

— Trabalho num hotel em Copacabana.

Antes que pudesse perceber, ela já havia estendido um cartão de visitas do hotel para cada um deles.

— Line Escudeiro, The Razor's Hotel — leu o da direita.

Droga!, pensou Eveline. Ela havia esquecido que a Raffa tinha escrito o nome dela nos cartões para que os turistas soubessem como chamá-la em caso de dúvida no trajeto.

— É como todo mundo me chama. É mais fácil pros gringos. Meu nome mesmo é Eveline.

— Gosto de Line — continuou ele.

— Parece um hotel chique — disse o da esquerda.

— E é. Cinco estrelas. — Line estava ficando um pouco tonta de ficar virando a cabeça de um lado para o outro, tentando manter a conversa com ambos.

— Então, se precisarmos de alguma coisa, podemos te ligar? — O da direita apontou para o cartão, e Line lembrou, inocentemente, que ele não só tinha o seu nome como também o número do seu celular. Raffa achara boa ideia fazer alguns poucos cartões com o nome e o número dela, para o caso de algum passageiro se perder no trajeto. Nunca havia acontecido, mas Line nunca ousou dizer que aquela era uma ideia boba.

Ela suspirou. A sequência de gestos involuntários a havia levado até aquela situação. Não havia mais volta. Quem sabe talvez os dois fossem caras legais, no fim das contas.

— Hum, claro. Por que não?

— Por que não? — repetiu o da esquerda, dando uma piscada, o que a fez enrubescer. Seria impressão sua ou eles estavam dando mole para ela?

Não, não. Homens bonitos não davam em cima dela.

E, bom, o primeiro e único que o fizera desaparecera no mundo, junto com o par de alianças no qual seu pai gastara toda a economia da família.

— Tá frio aqui neste ônibus — o da esquerda reclamou, esfregando as mãos nos próprios braços, tentando se aquecer. — Ô, Line, você não está com frio, não?

Na verdade, ela estava. O ar-condicionado ali estava um pouco exagerado, mas ela não queria admitir.

— Rapaz, quando você sair daqui e ver como tá quente lá fora, vai sentir saudades deste ônibus. Aproveite enquanto pode!

Os dois riram do comentário dela, concordando.

— E vocês, são de onde? — Ela resolveu puxar assunto. Agora iria até o fim com aquilo, só para saber onde terminaria.

— Brasília — disseram, em coro.

— Hum, sei. Nunca estive lá.

— Ah, você tem que ir! — disse o da direita.

— É mesmo? E por que você acha isso, senhor...

Rapidamente o da direita se empertigou e segurou a mão de Line, levando-a aos lábios e depositando ali um beijo cálido.

— Teo.

Isso realmente tinha acontecido? Ele realmente tinha pegado minha mão e a beijado, como se estivéssemos nos tempos da corte? Os homens ainda fazem isso nos dias de hoje?

Sem graça, Line sussurrou um "muito prazer" e se virou para o outro, que respondeu "Canutto" e apertou sua mão.

— Canutto? — ela estranhou.

— Bom, na verdade esse é o meu sobrenome, mas ninguém me chama pelo nome, nem os meus pais. Acho até que já esqueci qual é...

Todos riram.

— Brasília tem um pôr do sol incrível! Bom, o do Rio também é lindo, mas lá na Esplanada dá pra ter uma visão assim, poética — continuou Teo.

Poética? Jura?

O ônibus parou de novo e imediatamente Teo se agitou.

— Já chegamos?

Line soltou um risinho.

— Jovem, você é muito ansioso — disse Canutto.

Teo riu, e Line riu junto.

— Aeroporto Santos Dumont! — gritou o motorista lá na frente.

— Ele para aqui para pegar outros passageiros antes de seguir adiante — explicou ela. — Quando chegar em Copacabana eu aviso, não se preocupe.

— É minha primeira vez no Rio, desculpe. — Teo riu.

— Eu não, já vim várias vezes — emendou Canutto.

Line transferiu o olhar de um para o outro, fez as contas e perguntou:

— Mas foi o Teo que foi te buscar no aeroporto?

Eles riram.

— Pois é. O moleque já tava aqui há uns dias, daí eu disse que vinha pra cá e marcamos de nos encontrar. Sabe que só durante o voo eu reparei que o avião ia pousar no aeroporto internacional? Ele vinha me esperar neste daqui.

— Eu recebi sua mensagem a tempo de não descer do táxi — Teo disse. — Ainda bem, senão eu tava lascado.

— Mesmo que você não tivesse recebido, eu teria vindo pra cá te encontrar.

Os dois se aproximaram e apertaram as mãos, em cumplicidade.

Por um momento Line os invejou. Queria ter uma amizade assim com alguém. Queria ter alguém que a esperasse no aeroporto, em vez de ser aquela que espera.

O ônibus voltou a andar, e parou novamente na avenida das Nações Unidas, em Botafogo. Antes que Teo pudesse dizer algo, Line anunciou:

— Não, ainda não chegamos. Ele apenas parou em Botafogo pra essa família de argentinos descer.

Ela tinha reparado que Teo já segurava a mochila só porque quase todo mundo no ônibus tinha se levantado para descer.

Quando o ônibus se pôs em movimento novamente, ela não pôde evitar pensar que em breve a viagem acabaria, e que talvez nunca mais veria aqueles dois. Podia até ser que no início ela não quisesse conversa, mas passara a achar os rapazes legais agora que tinham se conhecido. De repente, poderia até passar uns dias com eles, se distraindo por aí, só para aliviar um pouco o peso em seu coração. Distrair-se com turistas brasileiros era melhor do que com estrangeiros; ao menos aqueles podiam entendê-la.

O ônibus se aproximou do shopping Rio Sul e ela soube que era a reta final.

— Bom, rapazes. Foi um prazer inenarrável conhecê-los, mas minha parada é a próxima. Vocês descem uns dez minutos depois de mim, ok?

— Dez minutos? — repetiu Teo.

— Foi um prazer conhecê-la também, Line. Obrigado pela ajuda — sussurrou Canutto, apertando sua mão. É, ele era bonito, mas não era irresistível. Ela podia conviver com ele.

Line se levantou para descer e estendeu a mão para o outro.

— Eu vou te ligar — disse Teo.

Ela sentiu um arrepio subir por sua mão, onde seus dedos se encontravam com os dele, e percorrer todo o seu corpo, numa fração de segundos.

— Pode ligar... — Line se ouviu dizendo.

Ele sorriu, e ela soltou a mão do rapaz.

Tonta com a eletricidade, Line cambaleou até o início do ônibus e pediu para o motorista parar no ponto da avenida Princesa Isabel. Desceu do ônibus decidida a não olhar para trás. O que quer que tivesse acontecido naquele ônibus ficaria por ali mesmo. Eles jamais telefonariam. Aquilo tinha sido apenas "boas-vindas" do novo ano, indicando que coisas boas estavam reservadas para ela.

capítulo 3

Line abriu os olhos devagar, lamentando-se por já ter acordado. Sua manhã havia sido tão agitada, após uma noite de Ano-Novo igualmente agitada, que ela tinha a impressão de que seu sono estava completamente embolado. Line se espreguiçou com manha, sabendo que em breve começaria o check-in/out dos hóspedes e ela iria para a recepção ajudá-los. Raffa nunca havia lhe pedido para fazê-lo, mas ela gostava de ficar ali, de prontidão, e ajudar quem quer que precisasse de ajuda, fosse quem fosse. Todo o staff do hotel era muito legal com ela, e ela buscava formas de ajudá-los e de retribuir a gentileza.

Então, ela se lembrou deles.

Mais especificamente, *dele*.

Line os mandara descer dez minutos depois dela, mesmo sem saber onde em Copacabana eles ficariam. Podia ser que ficassem mais perto do Leme, ou talvez mais perto de Ipanema, mas, sem pensar, ela os mandara descer no meio. Bom, não importava. Fizera o seu melhor por eles.

Mas... será que ele telefonaria mesmo? Algo em seu interior dizia que sim, mas, pelo seu histórico amoroso fracassado, ela duvidava.

Teo era bonito, bonito demais, talvez ele mesmo nem soubesse disso. Por que ele ligaria para ela? Tudo bem, ela não era nenhuma baranga, era simplesmente... comum. Bonitinha, vá lá, mas nada além disso. E tinha certeza de que o rolo compressor que o ex-noivo passara por cima de seu coração havia acabado com qualquer resquício de beleza que houvesse nela.

Mesmo assim, ela não pôde evitar desejar que ele telefonasse. Como uma adolescente, sentiu-se ansiosa e boba com a ideia.

Levantou-se e foi até a mesa do quarto, na qual seu café da manhã ainda dormia. A cozinha o havia preparado especialmente para ela, na noite anterior, sabendo que sairia muito cedo para trabalhar, mas antes de ir ao aeroporto ela simplesmente não conseguiu comer nada. Nesse quesito, sentia-se um pouco velha: gostava de comer sempre nos mesmos horários, e cedo, e seu corpo estava acostumado com essa disciplina. Se qualquer coisa saísse da rotina, ela se adaptava, mas tentava ao máximo não mudar os horários da refeição.

Ela abriu a tampa e vislumbrou os ovos mexidos e as duas fatias de mamão. Ponderou se devia comê-los, já que ficaram fora da geladeira por algumas horas, mas decidiu que não estariam estragados. Era bem verdade que o Rio de Janeiro estava pegando fogo, porém, dentro do hotel, inclusive em seu quarto, havia ar-condicionado, e isso melhorava as coisas.

Line sentou-se e comeu os ovos rapidamente, enquanto bebericava o café que servira da garrafa térmica. Ainda se sentia sonolenta, mas não queria voltar a dormir para não bagunçar ainda mais o sono.

Contra sua vontade, seu pensamento tornava a voltar aos rapazes que conhecera no ônibus.

Dizer que eles eram muito bonitos já estava ficando repetitivo, mas esse era sempre o primeiro pensamento que lhe vinha à cabeça. Se soubesse antes que em Brasília havia homens tão belos, já tinha ido para lá há muito tempo!

Um barulho na janela do quarto distraiu sua atenção, e ela não pôde conter uma exclamação quando viu, do lado de fora, um beija-flor que bicava o vidro.

Rapidamente ela se levantou e abriu a janela, permitindo que o pássaro entrasse.

Rápido e belo, o beija-flor entrou e voou em sua dança graciosa em volta dela, como se ela mesma fosse a flor. Line riu, como há muito não ria, e deixou que o bichinho conduzisse a dança de sua felicidade.

Quando a pequena ave terminou sua apresentação, voou para o lado de fora e, Line podia jurar, olhou-a nos olhos. Então, abaixou levemente a cabeça e seguiu voo, deixando novamente a jovem sozinha no quarto.

Line sentou-se na cama sem acreditar no que acontecera. Para ela soara como uma cena das animações da Disney!

Irradiando felicidade, pensou no simbolismo daquele momento. Mesmo numa cidade pequena, era raro ver um beija-flor. Eles geralmente ficavam perto das florestas, onde havia mais espaços verdes para colher seu alimento. No entanto, esse pequeno animal não só encarara a loucura do Rio de Janeiro como viera bater à sua janela, como se estivesse procurando por ela especificamente. Line jogou-se na cama e sorriu como uma garotinha. Com toda a sua delicadeza e suavidade, os beija-flores simbolizavam proteção e amor romântico.

Ela acreditou que aquilo traria bons ventos para sua vida.

Então, outro barulho despertou-a de seus devaneios.

Era o celular, que tocava na cabeceira da cama.

Nervosa, Line aproximou-se e olhou o número. Era desconhecido, com o prefixo 061. Não teve dúvida: era um número de Brasília.

Era *ele* telefonando.

Estendeu a mão para atender, mas não teve coragem. O que diria? O que ele queria? Estava tão desacostumada com esse tipo de coisa que não fazia a menor ideia de como agir! Aliás, será que alguma vez soubera? Nem mesmo com o ex soube o que fazer em momentos cruciais; apenas deixava acontecer e evitava ficar pensando demais.

Após três toques, o telefone parou de tocar.

— Nããããããoooo!!!!!

Sentiu-se estúpida. Enquanto pensava nos mil empecilhos da sua cabeça de jerico, deixara escapar a única oportunidade que tivera nos últimos meses de tentar seguir adiante com sua vida.

Agarrou o aparelho e decidiu enviar uma mensagem de texto, já que não tinha créditos suficientes para fazer um interurbano.

"Oi, é o Teo ou o Canutto? Aqui é a Line. Tô tentando ligar para esse número, mas está bloqueado para receber ligação. Vamos tomar algo?"

Clicou em enviar, satisfeita consigo mesma. Havia uma pequena mentira ali, mas ela queria fazer as coisas do jeito certo: ele que telefonasse para ela, e não o contrário. Entretanto, não queria parecer desinteressada, então terminou com um convite e uma pergunta. Estava nas mãos deles continuar com aquilo ou não.

Sem perceber, começou a tamborilar os dedos na cabeceira da cama. Era quase uma da tarde, e ela deveria ir para a recepção. Mas, pela primeira vez, não teve vontade.

Ainda pensava nisso quando seu telefone voltou a tocar.

Era ele!

Line respirou fundo para afastar o nervosismo e atendeu, tentando fazer sua voz soar o mais casual possível.

— Alô?

— Oi, Line. É o Teo.

Eu sei!! Eu sei!!

— Oi, Teo. Tudo bem?

— Tudo. Escuta, eu e o Canutto estamos saindo do mercado agora, viemos comprar umas coisas pra casa e vamos almoçar daqui a pouco. Você quer ir com a gente?

Por dentro, ela se sentia como uma líder de torcida dando piruetas.

— Hum, puxa, eu acabeeei de comer... — Era verdade. — Mas eu posso me juntar a vocês de qualquer forma — apressou-se em dizer, não querendo que ele entendesse que ela não queria se encontrar com ele.

— Ok, tudo bem. Pode ser daqui a uns vinte minutos? É só o tempo de a gente deixar as coisas no apê.

— Tudo bem.

Por dentro, a líder de torcida já tinha subido na pirâmide humana e estava pronta para dar um triplo mortal carpado para a frente.

— Legal. A gente está na esquina da Nossa Senhora com a Santa Clara.

— Tudo bem, encontro vocês aí.

— Tá, eu te espero na portaria.

A líder de torcida fechou os olhos e estava pronta para saltar.

— Mas, Line, antes eu tenho que te perguntar uma coisa. Uma coisa que é muito importante para mim.

Os dois segundos que se passaram foram os mais longos de todo o universo.

— Eu estou pensando em ir embora amanhã — ele continuou. — Quero saber se você vai fazer valer a pena.

Opa!

— Claro que vai valer a pena... — murmurou ela, com um sorriso nos lábios.

— Legal. A gente se vê daqui a pouco, então. Tchau.

— Tchau.

Junto com Line, a líder de torcida fechou os olhos, abriu os braços e caiu de costas sobre a cama.

Ela tinha um encontro. Um encontro com o rapaz mais lindo da face da Terra.

— Ei, Line. Não vai ficar na recepção hoje? — perguntou um dos maleteiros.

Distraída, Line nem sequer reparara que estava saindo pela porta da frente sem falar com ninguém. Seria falta de educação não avisar a Raffa, pelo menos, mas aquele maleteiro enxerido não tinha nada a ver com sua vida particular. Ela sabia, há tempos, que ele a queria ver longe dali.

Ela olhou para o relógio na recepção, que marcava uma e vinte e cinco. Tinha de estar na Santa Clara em cinco minutos, não tinha tempo para lero-lero. E, ao contrário do que imaginara, a recepção não estava cheia. Aparentemente, os hóspedes só iriam embora em outro momento, quando acordassem da ressaca da noite anterior.

Assim, Line dirigiu-lhe um sorriso amarelo e foi procurar a Raffa na parte interna da recepção.

Encontrou-a debruçada sobre o livro da contabilidade.

— Você acredita que, por mais que tenhamos tomado todos os cuidados do mundo, alguém conseguiu fazer um overbooking num dos quartos? — reclamou ela, sem levantar os olhos do livro.

— Puxa! Que droga! E nós checamos as reservas tantas vezes!

— Pra você ver... Às vezes acho que tem alguém aqui dentro que quer que eu perca o meu emprego, só pode!

Line não queria pensar assim; do contrário, não conseguiria nem dormir à noite.

— Impressão sua. Acho que o pessoal deve ter tomado tanto cuidado, mas tanto cuidado, que deixou passar alguma coisa muito óbvia, só pode. Mas não se preocupe: como aquele pessoal de hoje de manhã não apareceu, tenho certeza de que o quarto deles ficará livre, pelo menos hoje à noite.

Raffa finalmente desviou a atenção do livro e olhou para Line pela primeira vez. Então, abriu um sorriso enorme e a abraçou com força.

— Você me salvou, garota!

Aparentemente, a chefe não se lembrava do no-show daquela manhã.

— Sem problemas. Estamos aqui para ajudar. — Line deu uma piscadinha, ao repetir o lema do hotel.

Raffa riu, visivelmente aliviada.

— É verdade, é verdade.

Antes que a chefe voltasse ao trabalho, Line emendou:

— Parece também que a recepção não precisa de ajuda.

Raffa levantou as pernas e as apoiou na mesa, concedendo-se um instante de relaxamento.

— Tem razão. Todos os hóspedes pediram late check-out, e, como cobramos uma tarifa muito alta nessa época do ano, temos que abrir essas concessões. Afinal, quem não quer passar o Réveillon na Cidade Maravilhosa? Impossível acordar cedo no dia seguinte para sair do hotel, né?

Bom, eu conheço alguém que viajou hoje. E outro alguém que acordou cedo como eu para ir ao aeroporto.

— Todos querem vir pra cá! — Essa foi a sua resposta.

— Sabe, Line, eu sei que é uma loucura o Réveillon aqui. São cerca de três milhões de pessoas aglomeradas numa praia de quatro quilômetros de extensão. É muita gente! Para nós, que estamos sempre aqui, é bastante estressante, principalmente se você está trabalhando, como é o nosso caso. Mas se coloque no lugar do turista, principalmente daquele que nunca veio pra cá: é uma festa mágica, única, gratuita e simbólica. Quem vem pra cá pela primeira vez e vê a festa que tivemos ontem à noite com certeza se apaixona e quer voltar mais vezes.

Parecia que a Raffa se esquecera de que a própria Line não era dali, e de que a noite anterior também tinha sido sua primeira vez.

— É verdade.

Como a chefe não continuou a conversa, Line aproveitou a deixa.

— Bom, já que não precisam de mim hoje, vou dar uma volta por Copacabana, tudo bem? Ver como é o primeiro dia do ano por aqui.

— Caramba! Tem razão! Você nunca esteve aqui antes!

As duas riram.

— Ai, Line, me desculpe. Estou tão acostumada em ter você por perto que esqueço que algumas coisas são novidade pra você também.

— Sem problemas. — Ela sorriu.

— Mas, olha, tem como você estar de volta às sete e meia? Tenho três passageiros pra levar ao aeroporto e precisaria que você os acompanhasse.

Tirando as vezes em que Line ficava voluntariamente na recepção, na hora da entrada e saída dos hóspedes, as únicas oportunidades em que ela efetivamente trabalhava para o hotel eram nos transfers que a Raffa pedia. E ela nunca negava.

— Claro. Estarei aqui antes disso.

— Obrigada, querida. Agora, vá se divertir. E não se esqueça de passar protetor!

— Não se preocupe, não vou à praia.

— Mesmo assim, esse sol tá de lascar.

Com isso, ela encerrou a conversa.

Line deixou o hotel dez minutos atrasada para o encontro. Teria de correr muito para não perder a melhor coisa que lhe acontecera nos últimos meses.

capítulo 4

O celular em sua bolsa soou, acusando o recebimento de uma nova mensagem. Line parou para ler:

"25 mins. Onde vc está?"

Atrasada. Ela sabia. Mas não podia sair sem falar com a Raffa. Queria poder pegar um ônibus, ou mesmo um táxi, mas não tinha muito dinheiro. Como não tinha emprego formal, trabalhava numa espécie de troca: ajudava Raffa com os hóspedes em troca do quarto para dormir e das refeições. Qualquer grana que conseguia vinha das gorjetas que os hóspedes eventualmente davam. Assim, ao contrário do que gostaria, ela controlava os seus gastos e evitava ao máximo o desperdício. Por mais que estivesse atrasada, iria a pé ao encontro.

Pensou em responder a mensagem, mas a Santa Clara já ficava na próxima esquina. Em mais alguns passos...

Ela o viu primeiro.

Teo não havia trocado de roupa, e andava de um lado para o outro na portaria do prédio, contrastando o bronzeado com a regata amarela e a bermuda bege. Os óculos Ray-Ban lhe conferiam um ar de turista internacional, mas o boné virado para trás denunciava o espírito jovem.

Ok, ok. Se Line fosse sincera consigo mesma, teria de admitir que Teo estava um pouco magro demais, possivelmente uns oito quilos abaixo do mínimo para sua altura. Ainda assim, ele não deixava de se destacar na multidão; ela sabia disso ao observar as cabeças se virarem em sua direção.

E então Teo a viu.

E abriu um sorriso tão sincero, tão sinceramente contente por vê-la, que, por um instante, Line se perguntou se aquilo era real ou se era um filme.

— Oi — disse ele, aproximando-se para lhe beijar o rosto.

A vontade dela era de beijá-lo ali mesmo, sem cerimônia. Era como se isso fosse a coisa certa a fazer, como se eles já fossem namorados há tempos.

Como se já se conhecessem, e estivessem esperando apenas para se encontrar.

Entretanto, Line o cumprimentou formalmente, orientando seu cérebro para agir de acordo com a etiqueta.

— E aí, compraram tudo? — perguntou ela, puxando assunto.

— Sim, só faltou a água. Acredita que não tem água no apê?

— Que estranho... Nem filtro?

— Nada...

Estranho era aquele papo, como se não fosse a primeira vez que se encontravam.

— Vem, vamos subir. Tenho que arrumar as compras.

— Hum... Tem certeza? Não tem ninguém lá?...

— O Canutto tá lá.

Line resolveu segui-lo, embora uma ínfima parte do seu bom senso dissesse: "Está louca? Você vai subir no apartamento de um cara que acabou de conhecer?". Felizmente ela não costumava dar muita atenção para essa pequena voz que sussurrava em seu ouvido.

O apartamento 1012 daquele prédio era pouco maior que um quarto e sala, completamente reformado e modernizado, contrastando com a maioria dos apartamentos em Copacabana. Parecia um pequeno quarto de hotel.

— Uau! Que lugar! — Ela não pôde evitar o comentário.

— Gostou? Nós alugamos por uma mixaria! — comentou Canutto, lá de dentro. Ela se aproximou para cumprimentá-lo. — Oi, Line. Tudo bem?

— Tudo. Realmente, o lugar é ótimo.

— Estamos pagando dois mil por dez dias. Nada mau, hein?

— Dividido por cinco pessoas — acrescentou Teo.

Line fez as contas.

— Uau! Nada mau mesmo! Mais barato que um albergue! Ainda mais para esta época do ano!

— Tem razão — Canutto comentou, satisfeito consigo mesmo. — Achei este apê na internet. Ótimo, né?

Line olhou em volta. O quarto tinha duas camas de casal, tal como num hotel, ar-condicionado, cômoda, armário, televisão e ventilador de teto. Só ali já cabiam quatro pessoas. A sala, pela qual havia passado, era do mesmo tamanho; tinha uma mesa de vidro com seis cadeiras, uma televisão de plasma de quarenta polegadas, aparelho blu-ray, wi-fi, um sofá de corino que virava mais uma cama de casal e duas poltronas. O assoalho era todo revestido de madeira sintética e as paredes, notava-se, haviam sido pintadas recentemente. A cozinha era bem moderna, com geladeira nova, fogão de quatro bocas, cafeteira, micro-ondas, algumas panelas e uma área de serviço, com máquina de lavar e varal de chão. O banheiro era pequeno, verdade, mas com um lavabo chique, com essas pias com sensor de movimento, e vidro fumê separando a ducha.

Típico apartamento de aluguel para temporada. Um ótimo lugar, na verdade.

— Vocês estão muito bem instalados aqui, parabéns — disse ela, com sinceridade.

— Obrigado — falou Teo, olhando-a com interesse.

— Bom, vamos lá almoçar? Tô morrendo de fome! — chamou Canutto, pegando sua carteira em cima da mesa e se dirigindo para a porta.

— Vamos? — Teo sussurrou, e Line o seguiu.

Depois de uma breve discussão sobre onde almoçar, acabaram se decidindo por um restaurante de comida por quilo do outro lado da rua. Seria a opção mais rápida e prática, fato, mas Line sabia que os preços dos restaurantes haviam subido muito nos últimos meses, e, conhecendo o quanto os homens costumam comer, aquele almoço não sairia barato, não.

Ela avisou aos rapazes que iria procurar uma mesa enquanto eles se serviam. Um garçom se aproximou e perguntou se ela gostaria de alguma coisa. Line se decidiu por um suco de manga, só para ter o que fazer enquanto eles comiam.

Enquanto aguardava, Line refletiu sobre sua situação. Não tinha amigos naquela cidade, com exceção da Raffa, que não era exatamente uma amiga. Apesar das belezas do Rio de Janeiro e de ela ter se sentido acolhida, Line não sentia que viveria ali para sempre. Era como se o Rio fosse, para ela, uma cidade de passagem, e o hotel, apenas um paliativo. E a prova disso tudo foi que bastou conhecer dois rapazes de fora para ela começar a questionar sua própria vida.

Lembrou que a Raffa lhe dissera que o Carnaval naquele ano cairia no final de fevereiro, e que, em seguida, começaria a diminuir o "fervo" da cidade, como ela dizia, e iniciaria o período de calmaria — não exatamente de baixa temporada, pois a cidade parecia que nunca vivia isso, mas sim, digamos, de menos lotação dos quartos. Haveria uma queda de trinta por cento das reservas, mas não muito mais que isso. Para o turismo, o Rio de Janeiro era uma cidade perfeita.

Preciso me dar um prazo, pensou consigo mesma. *Enquanto eu não estabelecer uma data, vou ficar cômoda nessa situação, e, a bem da verdade, estou morando de favor, à custa de uma pessoa que mal conheço e que tem sido mais do que generosa comigo.*

Estava na hora de Line estabelecer um limite para sua situação e começar a se programar para uma nova etapa.

Março. Vou embora em março, no início do mês, logo após o Carnaval. Assim, não deixo a Raffa na mão quando ela mais precisar de mim e me dou tempo suficiente para traçar o meu plano.

A questão era: para onde ela iria? E fazer o quê?

Hum... quem sabe Brasília?

Ela riu consigo mesma do absurdo que representava seu pensamento. Ela não sabia ainda, mas havia sido picada pelo mosquito da inquietude.

Poucos minutos depois eles chegaram. Teo sentou-se ao seu lado e Canutto à frente do amigo. O garçom chegou em seguida, trazendo seu suco.

— Gostaria de um copo com gelo, senhorita?

— Moço, tá tão quente lá fora que se o senhor quiser colocar o ar-condicionado inteiro nesse copo eu vou lhe ser muito grata, viu? — respondeu ela.

Todos riram, inclusive Line. Seu humor estava de volta, sem que ela tivesse se dado conta. As poucas horas que se passaram desde que conhecera Teo já haviam sido suficientes para vir à tona a Line brincalhona de volta.

— Bem caro aqui, hein? — comentou Teo.

Foi o que pensei.

— Ah, jovem. Eu acabei de chegar, não vou ficar cozinhando. A gente já conversou sobre isso, eu te empresto a grana.

Line quis fingir que não ouvia aquela conversa, mas era ridículo, já que ela estava na mesa com eles.

Teo percebeu o incômodo dela e se apressou em se explicar.

— Eu já tô em fim de viagem, sabe? Não era para eu ficar tanto tempo. Daí o Canutto vai me emprestar uma grana por hoje. Mas só por hoje, hein!? — disse ele, essa última parte em um tom mais alto, brincando com o amigo.

Sem saber o que responder, Line apenas sorriu. Sabia como era. Havia visto diversos hóspedes no hotel nessa mesma situação: gastavam demais no começo e, no final, quase não sobrava dinheiro para pagar os gastos extras dos quartos — quanto mais para gorjetas! Vira a Raffa chamar o segurança algumas vezes, e também telefonar para companhias de seguros e de cartões de crédito, achando sempre uma forma de fazer os clientes pagarem o que deviam. Por mais que ela e Line fossem boas moças, e acreditassem que a maioria dos hóspedes apenas planejava mal os seus gastos, não dava para perdoar a dívida de todo mundo, do contrário elas mesmas teriam de pagar pelas despesas. E sempre havia um ou outro espertinho que tentava jogar essa conversa, querendo se livrar do pagamento. Felizmente, durante todo esse tempo, Line nunca vira um indivíduo sequer sair do hotel devendo alguma coisa. A Raffa era muito boa administradora, ainda que fosse apenas uma recepcionista-chefe. As duas sabiam que logo, logo ela seria promovida.

— Ei, Canutto, você comprou Nescau?

— Não, achei caro demais. Comprei Ovomaltine, que tava mais barato.

— Bom, bom... — Teo não apenas comia; ele saboreava a comida, Line percebeu. E também percebeu que, se um rapaz daquela idade ainda toma achocolatado pela manhã, é porque está mais com um pé na adolescência do que no mundo adulto.

Pare de recriminar o menino! Até parece que você não gosta de achocolatado também!

Era bem verdade que hoje em dia ela preferia café puro a leite com Nescau, mas sabia bem como era gostoso o sabor. Infelizmente esse era um desses pensamentos que surgem desenfreados, não se sabe de onde.

— Mas e aí, quais os planos de vocês aqui na cidade? — ela quis saber, para desviar a conversa.

— Como assim? — Canutto riu.

— Ué!? Assim... O que vocês vão fazer? Os programas típicos? Corcovado, Pão de Açúcar?... Querem ver algum lugar específico? Essas coisas.

— Ah, sim...

— O Canutto vai encontrar a ex dele — entregou Teo.

— É mesmo? — Line quis fingir desinteresse, mas foi impossível. — Não sabia que você já havia sido casado. Sinto muito.

Canutto riu.

— Não fui. Ela é uma ex-namorada de Brasília que se mudou pro Rio de Janeiro tem um ano e, bom, tô aqui, a gente ainda se fala... por que não se encontrar?

— Yeah! É isso aí, jovem! — Teo deu um tapinha no braço do amigo e, casualmente, colocou a mão esquerda na perna de Line.

Imediatamente todas as células do corpo dela ficaram alertas àquele toque. Ela quis reagir, quis segurar a mão dele, como se fossem namorados de longa data. Chegou mesmo a levantar a mão e quase tocar a dele, porém, novamente, uma parte de seu cérebro enviou uma mensagem urgente ao outro lado da sua consciência, implorando que ela agisse de acordo com as normas de conduta. Não eram namorados. Não haviam sequer se beijado. Não eram nada, e pior para ela se começasse a agir e a pensar assim.

Ela reuniu todas as suas forças para fazer o mais difícil: não fazer nada.

— Também quero ir na sede do Fluminense, comprar uma camisa oficial do meu time.

— Aahhh, mentira que você é Fluminense! Achei que você fosse de Brasília! — provocou Line, querendo distrair a si mesma do duelo que era travado dentro dela.

— Ué, sou! Mas e daí? Não posso ser Fluminense?

— Pode, pode... — ela respondeu, ainda rindo.

— Você sabe como faz para chegar lá? — Teo perguntou.

— Claro. Vou dar para vocês o endereço da rede do Fluminense, nas Laranjeiras. É fácil, o ponto de ônibus é em frente.

— Perfeito! Vou lá amanhã de manhã!

Line anotou num guardanapo as instruções e o entregou para Canutto, que agradeceu.

Ela estava decidida a tentar conversar só com Canutto. A presença e a beleza de Teo ainda a deixavam nervosa demais para conseguir falar ou fazer alguma coisa coerente, e essa sensação se multiplicava por causa da suspeita do interesse dele por ela. Line não conseguia nem pensar no assunto, ou era capaz de ficar muda.

Canutto. Vou conversar com o Canutto, que é mais seguro.

— Mas então, Canutto, você trabalha com o quê?

O rapaz deu uma garfada e enfiou dois sushis de uma vez na boca. Mastigou-os bem antes de responder.

— Eu trabalho na Embaixada da França, na Asa Sul. Conhece?

— Não, nunca estive no Distrito Federal. Só sei que as coisas lá são divididas assim, em lotes.

Os dois riram.

— É mais ou menos por aí — brincou Teo, retirando a mão da perna dela e, sem saber, devolvendo o ar aos pulmões de Line.

— E você, o que estava fazendo tão cedo no aeroporto no primeiro dia do ano? — quis saber Teo.

Até mesmo as perguntas dele a deixavam nervosa.

— Estava trabalhando. Estava esperando uns hóspedes que não apareceram.

— Então você trabalha no hotel? — continuou Canutto.

— Trabalho para o hotel. Faço os transfers dos hóspedes, acompanhando-os apenas. Mas não fico lá o dia inteiro.

— Ainda bem. Assim, você pode estar aqui conosco.

Ai, ai, ai...

Sem graça, Line ajeitou uma mecha de cabelo com a mão direita, olhando para Canutto para ver como ele reagia. O rapaz riu silenciosamente, do jeito que só um malandro que reconhece uma autêntica malandragem sabe fazer.

Tô lascada.

De repente, Teo segurou seu braço.

— O que é isso?

Assustada com o toque repentino, Line virou o rosto para encará-lo e seus olhos se encontraram. De repente, tudo ao redor ficou nublado e o ar desapareceu. Ela quis falar alguma coisa, mas o comando da fala não era encontrado em suas funções cognitivas.

Teo desviou o olhar, interessado em algo no braço dela. E então Line se lembrou: a pulseira que ela usava.

— É o Peter Pan. Minha mãe me deu esta pulseira quando fiz quinze anos.

— Peter Pan...

O repentino interesse de Teo pelo Peter Pan a maravilhou e a assustou. O canalha do seu ex sempre fizera piadinhas sobre isso, dizendo que, no fundo, ela não queria crescer. Teo, por outro lado, parecia ter muito respeito por aquele personagem do mundo da ficção.

Line quebrou o contato com ele, dedicando-se a tomar seu suco para baixar a temperatura do próprio corpo. Era impressão ou o ar-condicionado ali não estava funcionando?

Teo comia bem devagar, como se não tivesse pressa com as coisas, ao passo que Canutto já havia terminado.

— Tu tá com a tua prancha aí, jovem? — perguntou Canutto.

— Ah, você surfa? — Line quis saber, demonstrando interesse.

— Também. — Teo parecia satisfeito consigo mesmo, tendo deixado apenas alguns legumes no prato, no qual antes havia uma montanha de comida. Para alguém tão mirrado, ele até que comia bem. — Na verdade eu sou skatista. Skatista profissional.

Ai, senhor. Que furada!

— Puxa, é mesmo? Que legal!

E era mesmo legal. Só não havia nenhum futuro nisso, principalmente financeiro.

— É, sim. Não sou nenhum Bob Burnquist, mas me viro bem. Dou aulas pros jovens lá de Brasília e tudo.

— Aahhh...

Line buscou alguma coisa legal para dizer, mas não conseguiu. Seu lado lógico não conseguia ver futuro naquilo. Imagina! Se eles se casassem, como seria? Ela, sem nada na vida, só com um passado que queria esquecer, e ele... hum... professor de skate? É, seus filhos seriam os bebês mais lindos do mundo, mas a vida deles seria bastante difícil.

Epa! Pare com isso! Você mal conheceu o cara e já está pensando em como vão pagar a hipoteca da casa? Eu, hein...

— Daí, sabe como é, os movimentos do skate são bem parecidos com os do surfe, uma coisa leva à outra.

— É verdade, nunca tinha pensado nisso — ela comentou.

— Se quiser, depois eu te ensino uns movimentos...

Line foi pega de surpresa e arregalou os olhos, quase engasgando com o suco. Canutto percebeu tudo e riu com gosto.

— Jovem, vai com calma. Vamos, vamos pagar e sair daqui.

A calma de Canutto agradava Line. Era como se ele fosse o elo mais velho, mais experiente dos dois. Era bom que alguém ali tivesse bom senso, já que ela mesma não conseguia mais responder às suas funções normalmente.

Os três se levantaram para pagar, mas Teo viu uma bandeja no canto com um bule de café e outro de chá.

— Quer café?

— Hum, claro.

Café era sempre bom, ela gostava muito.

— Açúcar?

— Não, obrigada. Eu gosto puro, sem nada.

— Eu também — ele sorriu, entregando-lhe a xícara.

Parte dela queria sair correndo dali, enfiar-se debaixo do edredom e voltar à zona de conforto da sua rotina, na qual sua única preocupação era não decepcionar a Raffa e gastar as horas odiando o cretino do ex. Outra parte, entretanto, queria se jogar de cabeça naquela pequena aventura, só para ver até onde ela ia.

Os dois seguiram para o caixa e Teo puxou a comanda da mão de Line, pagando pela sua bebida. Ela não reclamou.

— Vocês viram que tem um cinema aqui do lado? — perguntou Canutto.

— É verdade, o Roxy! É o meu favorito! — emendou Line, um tanto empolgada.

Favorito era modo de dizer. Ela só havia ido ali uma vez desde que chegara ao Rio, e aquele tinha sido o único cinema em que estivera desde então.

— Sabe o que eu vi? Que ali ainda tá passando *A Vida de Glauco*.

— Jura?? Nossa, eu queria taaanto ver esse filme!

Desde que vira o trailer na televisão, uns três meses atrás, Line ficou com vontade de assistir, porém, sem amigos e sem companhia, acabou deixando a ideia de lado. Qual a graça de ir ao cinema sozinha?

— Vamos ver, então?

— Vamos!

Era uma dessas coisas que você combina sem pensar, por puro impulso.

— É aquele filme do coelho? — Teo perguntou, provocando a gargalhada dos outros dois.

— Está claro que cinema não é seu forte, hein? — Line provocou.

— Vamos hoje? — Teo ignorou a indireta, muito mais interessado no programa do que na programação.

Canutto e Line se entreolharam. Talvez os dois estivessem agindo por impulso e galanteio, mas Teo fizera uma proposta concreta.

Por que não?

Os três passaram na bilheteria e compraram três ingressos para a próxima sessão, que seria dali a quarenta minutos. Line fez as contas em sua cabeça e viu que daria tempo tranquilamente de ver o filme e voltar para o hotel, com uma folga de uma hora para o pós-filme, para fazerem qualquer coisa.

— Teo, eu vou lá comprar água. Não dá pra ficar no apê sem água, não.

Line fez um movimento de quem ia falar algo, mas foi interrompida.

— Me faz um favor? Vai lá pro apê e arruma as compras. Tem coisa que vai na geladeira lá.

— Tranquilo.

Line ficou entre os dois, sem saber como reagir. Estava claro que eles armavam para cima dela, e esse era o momento em que ela deveria se fazer de difícil, dizer alguma coisa, sei lá. Ela queria muito, mas tudo que conseguiu foi ficar parada, a boca aberta, pronta para dizer as palavras que não vinham.

— Vamos? — Teo sugeriu, como se fosse a coisa mais natural para eles.

Como as palavras ainda não tinham dado o ar da graça, tudo que Line conseguiu fazer foi sorrir e se deixar conduzir por Teo, que colocara a mão em suas costas, guiando os seus passos.

Como se tivesse nascido para ser o seu guia.

capítulo 5

De volta ao apartamento, Line estava nervosa. Era a primeira vez que os dois ficavam sozinhos por completo, e num ambiente fechado e bastante convidativo. *Ele poderia ser um psicopata e me matar agora*, pensou, lembrando-se das várias histórias que os mais velhos da rua costumavam contar lá em Barreiras, sobre moças inocentes que se metiam nas casas dos varões e cujas histórias tinham um final nada feliz.

Teo foi entrando, tirou os chinelos e os largou num canto, dirigindo-se ao quarto. Observá-lo fez Line ponderar que ele talvez não fosse tão magro assim, afinal. Quem sabe ela estivera mal-costumada com o infeliz do ex, que era "fortinho", como ela costumava desculpá-lo, por conta da barriguinha avantajada de cerveja e dos músculos moles dos braços. Teo era apenas magro.

— Pode entrar, Line. Fica à vontade — disse Teo, e só então Line se deu conta de que estava parada na porta feito uma pateta.

Passando pela sala, notou a prancha de surfe encostada na parede, ao lado da mesa, juntamente com dois skates, que provavelmente seriam um de cada, pensou.

— Nós não temos que guardar as coisas na geladeira? — desconversou ela, querendo ganhar tempo.

— Ah, o Canutto não fez isso? Acho que ele esqueceu...

Line entrou no quarto e deu de cara com Teo deitado na cama. Sem camisa.

— Tá muito quente lá fora. Eu precisava tirar a camisa, desculpe. Você se incomoda?

Pela reação dele, Line deveria estar fazendo cara de espanto. Se ela se incomodava? Claro! Não conseguia se concentrar direito com ele vestido, imagine seminu!

— Que é isso? A casa é sua — foi o que ela conseguiu dizer, e se dirigiu à janela. Realmente estava quente ali, mas, ela desconfiava, pouco tinha a ver com os quarenta graus lá de fora.

Tanto o ar-condicionado quanto o ventilador estavam ligados, porém a janela estava aberta. Assim, nada faria efeito, mas cabeça de homem funciona diferente e ela resolveu não falar nada a respeito.

— Uau! Que vista!

Da janela do décimo andar via-se a parte de trás de alguns prédios, inclusive de um famoso hotel que ficava na orla da praia. Era interessante aquele ponto de vista, pois Line via o claro contraste entre a modernidade do hotel na orla e os prédios mais antigos, de meados do século passado, quando a altura máxima dos edifícios era de cinco ou seis andares. Nestes, os moradores eram antigos, os apartamentos careciam de reformas e de espaço para abrigar mais gente na família; naquele, a impessoalidade do espaço era refletida nas janelas envidraçadas da fachada do prédio.

E, no meio disso tudo, uma pequena área verde, com três ou quatro árvores, formando um quadrado perfeito. Como se elas fossem a memória do que um dia Copacabana havia sido e ninguém tivesse coragem de derrubá-las.

— Dá pra ver um pedacinho do mar, percebeu?

A voz de Teo surgiu mais próxima, deixando Line em alerta.

— Ali, ó.

Line seguiu a direção que ele apontava. Seria preciso muita boa vontade para dizer que o apartamento "tinha vista para o mar", mas a afirmação também não era de todo mentirosa. Era um pedacinho de nada, cujo azul se confundia com o do céu, mas lá estava o mar, e era disso que o ramo imobiliário se valia.

— É verdade, dá pra ver! — Ela sorriu, achando graça da "vista para o mar".

— Hum, sabe, Line? Eu estava aqui pensando...

Distraída, ela apenas respondeu:

— No que você estava pensando? — Ela se virou para olhá-lo.

— Se eu esperava até o cinema pra te beijar.

Pera.

O quê?

Me beijar?

Ele vai ME beijar?

Teo abriu-se num sorriso da cor do sol, e Line sentiu seu corpo se inclinar na direção dele. Não tinha mais dúvidas de que alguma coisa mais forte do que ela a impulsionava para junto dele, e a sensação era a de que o cinema era ali, e ela estava assistindo ao seu próprio filme se desenrolar.

Teo colocou o braço esquerdo ao redor dos ombros dela e a puxou para junto de si. Line apenas levantou o queixo, fechou os olhos e aguardou.

Ele a beijou.

E foi como se todos os beijos que beijara até então não tivessem acontecido, porque só aquele beijo parecia importar.

Ele a puxou para ainda mais perto, deixando-os frente a frente, de modo que seus corpos se abraçassem. Line sentia o sangue amolecer dentro de si e o coração pedir ajuda por não aguentar bater tão rápido. Infelizmente, ela não queria ajudá-lo.

Teo forçou o peso para cima dela, fazendo-a gentilmente deitar de costas na cama, com ele segurando-a pelas costas. Em seguida, inclinou-se sobre ela de modo que seu corpo ficasse parcialmente sobre o dela.

— Uau! O seu beijo! — ele gemeu.

Acho que ele está falando alguma coisa comigo, mas não tenho certeza porque não consigo raciocinar direito...

— O seu beijo! — Ele a beijou novamente. — Você não tem noção! — E a beijou com mais ardor. — É claro que você nunca vai saber, porque nunca vai se beijar, mas, caramba! — Sem esperar resposta, Teo voltou a beijá-la com paixão.

Por dentro, Line ria. Aquele havia sido o elogio mais bobo e mais cortês que já recebera. Sentia o mesmo por ele. Suas bocas se encaixavam, criavam energia. Bastou se encontrarem para saber disso.

Ela queria ficar ali, beijando-o para sempre, até que o dia terminasse e o novo dia raiasse. Mas um pequeno alerta a lembrou do filme a que iriam assistir, e também que logo, logo Canutto poderia chegar e flagrá-los ali. Esse pensamento não a agradou muito, e pela primeira vez desejou ter ela mesma um quarto, ou um apartamento, para o qual pudesse convidá-lo.

Seu corpo, ao contrário, gritava: *Dane-se o filme! Dane-se o Canutto e o trabalho! Esqueça tudo isso e se permita aproveitar esse gostosão que quer se aproveitar de você! Quem se importa?*

Ela se importava. Não queria que as coisas fossem assim, atropeladas. Conhecia-o há o quê? Seis horas? Por mais que tudo corresse muito naturalmente entre eles, como se ambos seguissem um roteiro predefinido, ainda assim pareciam avançar rápido demais. A parte racional do seu cérebro parecia ter ligado o pisca-alerta, e Line suspendeu o beijo, segurando o rosto de Teo com ambas as mãos.

Ele a fitou nos olhos e sorriu. Não havia nada a ser dito quando ambos, sem perceber, haviam encontrado no outro aquilo que procuravam.

— Daqui a pouco temos que ir... — disse ela, por fim, com medo do silêncio entre eles, ouvindo os gritos de seus corpos.

— Hum... você quer mesmo ir? — Ele se deitou de lado, apoiando a cabeça com uma das mãos.

Queria. Ela queria muito ver aquele filme. Além do mais, já havia comprado os ingressos, poxa vida!

— Quero. Quero, sim.

O que ela queria era viver aquilo, aquelas pequenas coisas de namorados, sem rememorar a urgência dos momentos.

— Tá bem. Aguenta aí que eu vou no banheiro rapidinho.

Line assentiu e o viu se afastar.

Tinha medo do que já começava a sentir por ele. Tinha mais medo ainda de parar para pensar que haviam se conhecido naquela manhã e que ele iria embora no dia seguinte.

Ele partiria amanhã.

Algo dentro de si revirou-se em protesto, e ela rapidamente afastou esse pensamento. Era melhor não pensar nisso, do contrário começaria a sofrer e não aproveitaria nada.

A porta do apartamento se abriu e Canutto entrou por ela, carregando duas sacolas com garrafas d'água.

— Você acredita que em lugar nenhum tinha galão de água? — reclamou ele para quem pudesse ouvir.

— Tem que buscar nas distribuidoras, Canutto. Supermercado comum não tem essas coisas — respondeu ela, indo em sua direção.

— E você conhece alguma? — Canutto colocava as garrafas na geladeira, mas falava alto o suficiente para que qualquer um pudesse ouvi-lo.

— Conheço, sim. Mais tarde vou trabalhar e peço para a distribuidora entregar um galão aqui de manhã.

Teo saiu do banheiro esfregando as mãos na bermuda.

— Você vai trabalhar mais tarde?

Havia uma pontinha de tristeza na voz dele, que fez com que Line desejasse não ter de trabalhar nunca mais.

— Vou... Mas é coisa rápida — apressou-se em acrescentar.

Ele sorriu como se dissesse: "Tudo bem, mas só se for rápido mesmo". Naquele momento, o coração dela se encheu de carinho por ele.

— Bom, vamos lá? — indagou Canutto, abrindo novamente a porta, aguardando que os outros o seguissem.

Line não sabia o que fazer. Queria estar com Teo, mas não conhecia o grau de amizade entre os dois rapazes e não desejava comprometê-lo com nada. Na dúvida, passou direto por ele e seguiu pelo corredor. Jogou para ele a responsabilidade da decisão sobre o que fazer com eles dois em público.

De volta à rua, a indecisão continuava. Não haviam se tocado dentro do elevador, e Line se esforçara para manter a conversa o mais trivial possível, principalmente porque entrara uma senhorinha tagarela que fazia muitas perguntas.

Ou ele toma uma decisão ou ficaremos nisso, como se nada tivesse acontecido, e seremos apenas amigos.

Foi quando ela sentiu os dedos dele se encostarem nos seus, e a sua mão abrir-se espontaneamente para acolher a dele. Seus dedos se fecharam, abraçando-se, num gesto universal que simbolizava o pertencimento de um ao outro.

Era público agora. Eles estavam juntos.

— Ei, por que vocês estão de mãos dadas? — provocou Canutto, cheio de malícia, um sorriso travesso no rosto ao passar na frente do casal.

Line estava feliz. Estava de fato feliz. Queria gritar para o mundo inteiro que tinha encontrado sua felicidade naquele dia.

— É porque está muito calor! Estamos fazendo sombra com as mãos — ela brincou.

Seu humor estava de volta. Sua felicidade estava de volta. Sentia-se leve, e o responsável por isso era Teo.

Queria culpá-lo por isso, para sempre.

A sessão já havia começado quando os três entraram no cinema. Canutto entregou seu bilhete primeiro e entrou. Teo abriu a carteira para puxar dali o ingresso dele e de Line, e ela pôde ver que ele guardara o cartão de visitas dela na parte mais exposta da carteira, de modo que, toda vez que a abrisse, olharia e pensaria nela. Do lado oposto havia a foto de um casal mais velho, que Line supôs serem os pais dele. Aquele pequeno gesto de guardar o número de telefone dela com tanto carinho, junto com a família, fez seu coração se encher de amor por ele.

Seria amor, já?

Ela não queria pensar nisso, mas aquele detalhe não havia lhe passado despercebido.

Dentro da sala, Canutto já havia encontrado a fileira deles e os aguardava. Teo passou primeiro, seguido por Line. Canutto resolvera se sentar na ponta da fileira, dando espaço aos dois. O restante das poltronas estava vazio.

O filme era uma mistura de português, espanhol e inglês, e, de vez em quando, apareciam legendas. A história parecia bem interessante, e Line quis prestar atenção. Ele, por sua vez, parecia bastante disposto a demarcar seu território diante dela, e ela estava adorando toda essa atenção. A mão direita dele segurava a sua mão esquerda, e o braço direito dele acarinhava o braço esquerdo dela, passando os dedos suavemente para cima e para baixo, sem cansar. Por vezes a história do filme deixava de ser importante.

De vez em quando suas bocas se procuravam, saudosas uma da outra e querendo conversar aquela linguagem única que apenas as bocas dos enamorados conhecem. Não eram mais adolescentes fazendo sexo como autoafirmação; ao contrário, eram jovens, descobrindo-se mutuamente, um nos braços do outro.

A Vida de Glauco poderia durar para sempre que aquele casal não se importaria. Mais rápido do que gostariam, o filme acabou e as luzes se acenderam.

— E aí? Joinha? — brincou Canutto, completamente esquecido durante o programa.

As luzes repentinas pegaram Line de surpresa, trazendo-a de volta à realidade.

— Legal, eu gostei. Parece que esse Glauco existiu de verdade e foi um diretor de cinema excelente! — comentou ela, casualmente.

Teo, ao seu lado, não parava de piscar.

— Tudo bem? — perguntou ela, acreditando que ele também estava incomodado com a repentina iluminação.

— Tudo. É que, sem os óculos, eu acabo forçando a vista.

Isso a pegou de surpresa.

— Oxe! Se você usa óculos, por que não os trouxe? — Não fazia sentido.

— Eu não os trouxe para o Rio. Deixei em Brasília.

Ela ficou a observá-lo, então ele se levantou e lhe estendeu a mão, para que o acompanhasse à saída da sala, aonde Canutto já se encaminhava.

— Por que você não trouxe os óculos se precisa deles?

— Não achei que fosse precisar.

Teo parecia não se importar com isso, mas para Line um objeto tão essencial não poderia nem deveria ter sido deixado de lado ao fazer as malas.

— E você enxerga direito sem eles?

— Sim, sim. Só pros detalhes que fica ruim, tipo legenda e tal. E pra ler, dirigir.

Eles caminhavam pela calçada, na direção do apartamento, com Canutto à frente, alheio à conversa deles.

— Só para os detalhes? Mas você consegue me ver, né? Sabe como eu sou, né? — Ela sabia que esse era um comentário infantil, mas o seu lado menininha era bastante inseguro, e, por uma fração de segundo, novamente ela duvidou que aquele rapaz lindo pudesse tê-la escolhido, dentre tantas garotas.

Ele parou na frente dela, envolveu-a com os braços, enquanto segurava os dela às costas.

— É claro que consigo te ver — disse ele, sério, mas rindo logo em seguida. — E tudo que vejo em você é lindo. Não pense que não observo tudo que você faz.

Line enrubesceu. Ao brincar se Teo conseguia enxergá-la, é claro que ela estava brincando, mas, no fundo, falava muito sério. Só não esperava que ele devolvesse na mesma moeda, mesmo que fosse tão seguro de sua resposta.

Sem saber como responder, ela lhe depositou um beijo suave nos lábios, e seguiu caminhando, tendo ao seu lado o segundo rapaz que havia dito que ela era linda, e o primeiro em quem ela acreditava de verdade.

Era a terceira vez que Line entrava naquele apartamento, e já se sentia como se morasse lá, de fato, e aqueles rapazes fizessem parte de sua vida há muito tempo. Pensou consigo mesma que deveria fazer umas dez horas que se conheciam e, desde então, muita coisa mudara.

Ela acordara cedo no primeiro dia do ano para trabalhar, num horário em que muita gente ainda estava voltando da festa da virada. Tinha ido até o aeroporto, muito longe, esperar por duas pessoas que não vieram. Conhecera dois rapazes lindos no ônibus e Teo quebrara a barreira, fazendo com que ela conversasse com eles. Tirara um cochilo de duas horas e viera para um encontro com o rapaz mais lindo que já conhecera, e que, para sua sorte, decidira beijá-la. Então, fora ao cinema e eram ainda apenas seis da tarde...

Ai, meu Deus, já são seis da tarde!

O avançar das horas a assustou, e Teo não deixou de reparar.

— Tá tudo bem? — Ele estava sentado no sofá da sala, descansando a perna na poltrona, e ligava a televisão. Vê-lo assim, tão à vontade, a fez novamente desejar que aquela fosse a sua realidade de fato.

— Sim, tudo bem. Ela se aproximou dele e se sentou ao seu lado. — É só que daqui a pouco tenho que ir. O filme foi mais longo do que eu havia imaginado...

— Verdade, durou mais de duas horas e meia!

Eles riram. Aquilo realmente não tinha a menor importância para nenhum deles.

— Mas por que você tem que ir embora?

— Tenho que trabalhar. Tenho que buscar uns passageiros no aeroporto.

Teo sorriu torto e a puxou para perto de si.

— Olha lá, hein?! Não vai ficar puxando assunto com qualquer um no aeroporto!

Ela riu. Claro que aquilo não era ciúme, mas era fofo ele brincar assim.

— Pode deixar, senhor. Eu só faço isso com brasilienses perdidos que não param de falar.

— Ah, é assim, é?

— Puxa, eu tava louca pra dormir!

Ele dava beijinhos em seu pescoço enquanto conversava.

— Eu percebi. Mas eu estava louco para falar contigo, só não sabia como. E quando você se ofereceu para trocar de lugar eu quase não acreditei! Era a chance que eu precisava!

— Aahhh... Foi assim, é?

— Pode perguntar para o Canutto.

E ela queria perguntar mesmo, mas, se continuasse ali, se atrasaria para o trabalho. Ainda teria de voltar todo o caminho a pé, trocar de roupa e estar pronta na recepção em uma hora. Era uma adulta responsável e precisava honrar seus compromissos.

— Vou perguntar. Mas agora eu preciso ir embora, meu rei. A gente continua esse papo depois.

— Mal posso esperar.

Teo a levou pela mão até a porta e lhe deu um longo beijo.

Dar as costas e se afastar dele naquele momento foi a coisa mais difícil que ela fizera nos últimos meses.

capítulo 7

Line apertou o passo para chegar ao hotel a tempo. Andava distraída, automaticamente, apenas para cumprir sua obrigação. Seu coração e sua cabeça tinham ficado num certo apartamento alugado.

O que deu em mim?

Em menos de doze horas sua vida tinha mudado de tal maneira que ela mal se reconhecia.

Chegou ao hotel com alguns minutos de folga, o suficiente para voltar ao quarto e vestir uma calça e uma camisa social. Em outros dias ela demoraria mais para se arrumar — achava que a elegância fazia parte de qualquer funcionário do The Razor's, e com ela não deveria ser diferente —, porém hoje ela não tinha tempo. Ajeitou-se o melhor que pôde, apenas porque sabia que haveria uma pequena chance de se encontrar com Teo mais tarde.

Pegou suas coisas e passou rapidamente pela cozinha, na qual o chef, um senhor que a tratava como sua própria neta (por causa da semelhança do formato das mãos, segundo ele), sempre a atendia com muita presteza. Line pediu a ele que lhe fizesse um sanduíche para viagem. Ele sabia que, quando ela tinha pressa assim, o melhor era fazer o básico e certeiro: pão integral com filé de frango e alface. Ela o agradeceu com um sorriso sincero.

Uma vez na recepção do The Razor's, Line não teve de esperar mais de cinco minutos até que os passageiros aparecessem com suas bagagens. Ela os cumprimentou e os conduziu até onde a van ficava estacionada, então os orientou a guardar suas bagagens e subiu com eles no automóvel, em direção ao aeroporto internacional.

Sua mente vagava sobre voltar àquele lugar pela segunda vez no mesmo dia. Na verdade, vagava sobre o motivo de ela estar lá, sem ele. Ok, ela sabia: no fundo era porque tinha de trabalhar, ainda que não houvesse um vínculo empregatício formal com o hotel. Mesmo assim, tudo, exatamente tudo dentro dela, gritava para que ela largasse o que quer que estivesse fazendo e voltasse para o apartamento.

Seria possível sentir tudo isso em tão pouco tempo?

Apesar do trânsito na hora do rush, o caminho até o aeroporto não demorou mais do que o previsto, e, para alívio de Line, em pouco mais de meia hora a van chegou ao seu destino e os passageiros puderam descer, dando a ela dez dólares de gorjeta pelo serviço. Line surpreendeu-se, pois não fizera nada de mais por eles; aliás, mal conversara. Sentiu-se um pouco culpada e se recriminou por sua desatenção com o trabalho. Gostava de fazer as coisas bem-feitas e de ter certeza de que todos chegassem ou saíssem do Rio de Janeiro com boas lembranças.

No entanto, todo mundo tem seus dias de distração, e Line começava a desconfiar de que o rapaz que conhecera mais cedo naquele dia seria um pouco mais do que mera distração em sua vida.

Ela os agradeceu; afinal de contas, era o primeiro dia do ano e era legal saber que algumas pessoas reconheciam que, apesar de ela não ter lhes dado muita atenção, era um dia em que muita gente gostaria de estar de folga, como eles mesmos, e ela estava trabalhando. Isso deveria ser valorizado, e foi assim que ela interpretou aquele gesto. Line deu adeus aos passageiros, que se encaminharam para as portas pneumáticas da entrada do Terminal 2 e, em seguida, virou-se para o motorista, na expectativa de que ele, de repente, voltasse para o hotel. Para seu azar, infelizmente, dali ele fora instruído a voltar para a garagem, que era longe dali. Line teria de voltar de ônibus, sozinha.

O mesmo ônibus no qual conhecera Teo naquela manhã.

Aborrecida, ela puxou o celular da bolsa e digitou uma mensagem:

"Já tô sentindo falta do seu carinho. :)"

O dedo pairou sobre o botão "enviar" por alguns segundos. Deveria enviar? Ou será que a mera vontade de digitar a mensagem e apenas querer dizer aquilo para ele já seria o suficiente?

Ela leu e releu aquela única frase. Não queria soar desesperada. Não queria soar dependente. Colocou-se no lugar dele: tinha 27 anos, sozinho e sem compromisso, numa das cidades mais cobiçadas do mundo, durante a altíssima temporada de verão; estava lá há dias já, provavelmente pegando várias meninas, e já estava em fim de viagem, ou seja, ela era o fim da linha. Ele era bonito, bem bonito, solteiro, e acabara de se encontrar com amigos, o que, provavelmente, significaria sair para azaração. Dali a algumas horas ele iria embora e quem sabe nunca mais se veriam outra vez. Em alguns dias ele provavelmente voltaria à rotina dele e a esqueceria para sempre, enquanto ela ficaria naquela cidade, que cada vez mais acumulava lembranças dolorosas de momentos que não aconteciam.

Por outro lado, ela já sentia falta dele, e era verdade. No cinema, ela gostou de estar abraçada a ele, sentir sua mão subir e descer pelo seu braço, senti-lo perto de si como se aquele fosse, por direito, o seu lugar. Gostou do que ele falou sobre o beijo dela, e gostou muito do beijo dele. Gostou da forma como ele pediu para beijá-la e de como ele a fazia se sentir bem em seu abraço.

Line caminhou devagar até o ponto do ônibus e, para sua sorte, aguardou apenas dez minutos até que o próximo chegasse. Viu quando uma família estrangeira subiu e não pôde deixar de se lembrar dos passageiros daquela manhã, e na consequência daquela viagem. Se tivesse se atrasado um minuto, jamais teria conhecido os dois brasilienses. Se os passageiros daquele voo tivessem vindo, ela teria pegado a van do hotel e teria levado os hóspedes para lá, em vez de pegar o ônibus. Tantas coisas tinham acontecido — ou deixado de acontecer — para que ela estivesse naquele lugar, naquela hora!

Seu coração palpitava receoso dentro do peito. O caminho para o qual aqueles pensamentos a levavam poderia machucá-la no fim, mas, se ela se concentrasse no que o seu coração dizia enquanto pulsava, ouviria: "Estou com medo, mas vamos em frente!".

Line sorriu e apertou "enviar" na mensagem que digitara no celular. Em seguida subiu no ônibus e buscou um assento no fundo, o mesmo no qual, algumas horas antes, Teo se sentara.

Apesar de ser feriado mundial, naquele primeiro de janeiro à noite havia um pouco de engarrafamento na Linha Vermelha, saindo do aeroporto internacional. Provavelmente por causa dos turistas e visitantes voltando para casa, desejou Line; afinal, se fosse apenas isso, logo, logo o trânsito fluiria normalmente.

De repente, seu celular vibrou dentro da bolsa, e ela não pôde evitar sentir-se agitada com o que achava que era. Uma colegial provavelmente se sentiria, naquele momento, menos boba que ela.

Line puxou-o da bolsa e imediatamente ele se acendeu, acusando recebimento de nova mensagem de texto. *Era ele*. Ela clicou.

> "Quando chegar, passa aqui! Já fui pra praia e
> já tomei banho. Só tô te esperando."

Era ele. E a esperava.

Line deixou-se afundar na poltrona, tal como fizera naquela manhã. Dessa vez, entretanto, não sentia sono; ao contrário, sentia-se completamente energizada, todo o seu corpo agitava-se de felicidade e em suas mãos estava a prova de que aquilo era real: uma mensagem dele pedindo que ela fosse até lá. Ele queria vê-la, e ela queria estar com ele. Não havia nada de errado em assumir isso.

Mas o que seus pais pensariam se ela telefonasse algum dia desses e lhes dissesse que não havia superado ainda o fato de ter sido abandonada pelo advogado de renome que não hesitara em largá-la numa cidade estranha; mas que pelo menos agora ela voltava a se interessar pelas pessoas, e que a bola da vez era um skatista semiprofissional com pouco mais de cem reais no bolso? Uma mudança e tanto em seu futuro!

E quem disse que ele é o seu futuro?

Era ridículo que ela pensasse assim, e Line decidiu, naquele momento, que não se deixaria mais levar por essas projeções infundadas.

Também decidiu que não demonstraria mais nenhum tipo de afeto por ele. Curtiria cada momento, sim, e seria ótimo enquanto durasse. Mas precisava proteger o seu já ferido e ainda não inteiramente recuperado coração. O maldito do ex não fugira apenas com as alianças, mas também levara consigo a crença de Line em um amor sincero.

O celular tocou de repente, arrancando-a de seus devaneios. Pensando ser Teo, Line atendeu, sem nem mesmo olhar o visor para saber quem era.

— Oláááá — disse ela, toda animada.

— Oi, Line. Tudo bem por aí? Os pax não apareceram mesmo, né?

Line não conseguiu disfarçar o desapontamento.

— Ah, oi, Raffa. Não, não apareceram.

— Nossa! Quanto ânimo pra falar comigo! Tava esperando outra pessoa te ligar, é?

Ela sabia que Raffa estava jogando verde, mas não adiantava esconder todas as informações dela.

Só algumas.

— Ah, sim. É que, já que o job não aconteceu hoje, eu estava indo visitar um amigo.

— Hum... um amigo, é? Sei... Não sabia que você tinha amigos aqui...

Outro verde.

— Pois é, agora tenho.

Por alguma razão, Line sentiu-se um pouco nervosa com a conversa. Na ausência de sua família, Raffa era a coisa mais próxima que ela poderia chamar de amiga ali no Rio. Ainda assim, não era como se fosse trocar confidências com ela. Não eram tão íntimas assim.

Ainda assim, Line desejou que a outra não fizesse mais perguntas, para que ela não precisasse mentir nem omitir nada.

— Tá certo... Bom, eu tô ligando pra isso mesmo, até porque eu também estou saindo daqui agora. Surgiu agora mais um transfer para amanhã de manhã, então vou precisar que você esteja no aeroporto às oito, tá?

Ela não podia dizer não.

— Claro. Tudo bem.

— Beleza, Line. Obrigada. Tchau, boa noite.

— Boa noite.

Aquele súbito trabalho pela manhã arruinaria seus planos. Bom, não que houvesse algum plano de fato; na verdade, ela apenas ia visitar um amigo.... Ah, por favor! Em que mundo, né? Mesmo que fossem apenas amigos, amigos mesmo, fazer uma visita àquela hora da noite significaria pelo menos ir dormir tarde, e, para estar às oito da manhã de volta ao Tom Jobim, ela teria de acordar cedo. De novo.

E isso significaria que qualquer plano da noite seria encurtado.
Droga!

Mas, afinal, quais seriam os planos dela?

capítulo 8

Ela desceu do ônibus na esquina da rua Barata Ribeiro com a Santa Clara. Passava das nove da noite, mas o calor não dava trégua na abençoada Cidade Maravilhosa. O termômetro marcava suaves trinta e três graus — nada comparado com o que marcava naquela manhã.

Line sentiu-se desconfortável com sua calça e blusa sociais, com cara de quem estava trabalhando no "Dia Internacional da Preguiça e da Ressaca" (como os recepcionistas do The Razor's costumavam brincar). Infelizmente ela estivera, sim, trabalhando, e não quis perder tempo em passar no hotel apenas para trocar de roupa. Ficaria com calor, mas pelo menos não perderia preciosos momentos na companhia de Teo. Com ele indo embora no dia seguinte, cada minuto era precioso.

Ela apressou o passo e subiu rapidamente ao décimo andar do prédio. Diante da porta, hesitou em bater; em vez disso, girou a maçaneta, abriu a porta um pouco e bateu em seguida, anunciando sua chegada.

— Oláááá!!!

Mesmo da porta, Line viu Canutto na entrada do quarto, só de cueca. Ele a viu e ficou sem graça, buscando com os olhos alguma coisa para se cobrir.

— Oi, oi, Line. Entre. Desculpe, você me pegou meio à vontade...

— Oxe, se avexe não. Você quer que eu saia e entre de novo, só para você ficar mais à vontade ainda? — ela provocou, e ouviu em resposta não só a risada de Canutto, mas uma outra que vinha de sua esquerda, na cozinha. Teo estava ali.

Ela se aproximou dele por trás e o envolveu com os braços.

— Oi.

— Oi. — Ele virou o rosto para lhe dar um beijo rápido nos lábios e voltou sua atenção para as folhas de alface que lavava na pia.

— Tá prendado, é?

— Tenho que fazer alguma coisa por este apartamento, né? Afinal, eu nem ia ficar aqui, mas alguma coisa me fez ficar... — Ele a olhou de soslaio, colocou a última folha de alface no escorredor, secou as mãos e, por fim, virou-se para ela. — Sabe, eu não tinha planejado esse negócio de pagar diária, não. Preciso confessar que isso me quebra um pouco, ainda mais agora, quando eu já deveria ter ido embora.

— Teo, vamos não falar disso agora, vamos?

Ele a puxou para si.

— Tem razão. É só por uma noite, e você tá fazendo valer a pena essa mudança de planos.

Ela sorriu e aproximou o rosto do dele.

— Você e eu sabemos que você não vai ficar só mais uma noite...

Ele sorriu. Todavia, Line conseguiu captar, ainda que por uma fração de segundo, um leve momento de hesitação nos olhos de Teo. Teria ela visto coisas demais? Resolveu não dar importância àquilo e encerrou o assunto com um beijo demorado.

Um barulho de algo de vidro se quebrando no banheiro desviou a atenção dos dois.

— Ué, tem mais alguém aqui? — perguntou ela.

— É, os *brothers* do Canutto chegaram hoje no fim do dia e estão tomando banho. Espero que tenham quebrado alguma coisa deles... — Teo pronunciou esta última parte para si mesmo.

— Tomando banho juntos?

Teo sorriu, pegou a mão dela e a conduziu para fora da cozinha.

— Pois é, a gente também não sabia que eles eram um casal.

Line quis conter a risada, mas acabou escapando. Canutto, agora já vestido, encontrou-os na sala.

— Tá pronto?

— Sim, vamos.

Canutto pegou a carteira em cima da mesa e foi em direção à porta, seguido pelos outros dois.

— Aonde vamos? — Line quis saber.

— O Pierre e o Louis acabaram de chegar, então vamos dar um espaço para eles se acomodarem. Como tem uma chave só, ficamos esperando eles chegarem — disse Canutto, batendo a porta atrás de si. Line olhou a fechadura.

— Uma chave só? Por que vocês não fazem uma cópia, então?

— Não dá, olha. — Teo apontou para a fechadura. Line olhou com mais atenção.

— É verdade. Fazer uma cópia dessas vai ser caríssimo! — Era uma dessas fechaduras semelhantes às usadas em cofres, com a chave com dentes serrilhados como se fossem códigos, propositalmente feita para que os hóspedes não fizessem cópias; afinal, era um aluguel por temporada.

Os três se encaminharam para o elevador, que já os esperava no andar.

— Isso de uma chave só vai ser muito ruim — comentou ela.

— A gente vai ter que fazer rodízio e se encontrar o tempo todo para pegar a chave, ou então sair junto sempre — respondeu Canutto.

— Tá tranquilo, vai dar certo — encerrou Teo.

E ia mesmo, não? Afinal, eram amigos passando férias juntos numa cidade cinematográfica. Tinham muito que aproveitar nas ruas, em vez de ficar em casa.

De volta à rua, o agito dos turistas fazia parecer que era um dia comum, em vez de um dia morto, de descanso.

— Afinal, aonde vamos? — perguntou Line novamente.

— A gente tá indo comer alguma coisa, você já comeu? — Teo passou o braço pelos ombros dela enquanto caminhavam.

— Hum... já. Mas eu acompanho vocês, de todo modo.

Pararam na Sanduicheria, uma famosa rede de sanduíches na qual as pessoas, em sua maioria jovens, montavam seus próprios pedidos de acordo com seu gosto.

Não havia fila, por sorte, e logo os rapazes foram atendidos. Canutto fez um pedido em que o pão tinha quinze centímetros, enquanto Teo, guloso, pediu um de trinta. Line observou isso e fez piada a respeito, mas ele nem ligou. Ela gostava de sentir-se tão à vontade com ele.

— Canutto, sai mais barato você pedir um copo de refrigerante de meio litro do que comprar uma lata — observou ela, antes que o amigo pagasse. Ele acompanhou o raciocínio dela e concordou. Em seguida, ela mesma fez um pedido de refri de meio litro, sabendo que não tomaria tudo sozinha, mas que o dividiria com Teo. Gostou também dessa sensação de poder dividir as coisas com ele, sem ter de pedir ou oferecer.

Parecia que, com ele, tudo era natural.

Buscaram uma mesa e se sentaram juntos, e logo os rapazes começaram a devorar seus sanduíches.

Line nunca antes havia tirado férias assim, como eles, de se mandar para uma cidade desconhecida e ficar ali aproveitando os dias tal como eles aconteciam. As poucas viagens que fizera foram pelos arredores de Barreiras, para outros povoados, a fim de visitar alguns amigos e aparentados. A única viagem de fato fora aquela para o Rio de Janeiro, sem passagem de volta.

Lembrou-se de uma senhora que conhecera no hotel dois meses depois do seu quase casamento. Ela estava lá para gerenciar um curso de uma semana que seria ministrado no The Razor's e as duas se afeiçoaram muito, de modo que Line foi convidada a fazer o curso gratuitamente. De início ela não se animara, mas que mal faria aprender mais sobre segurança em alto-mar? No final daquela semana, a senhora a convidou para trabalhar com ela no cruzeiro que gerenciava e lhe disse que a proposta estaria de pé quando ela quisesse.

Saboreando seu refrigerante e olhando para a liberdade que aqueles dois rapazes à sua frente tinham, Line pensou melhor sobre aquela proposta adormecida. A mulher havia dito que a temporada no hemisfério norte começava no meio do ano, então, se ela topasse o emprego, deveria embarcar para a Europa em março.

É isso! É isso que vou fazer!

O plano se encaixava perfeitamente no prazo que ela se dera e ainda permitiria que seguisse adiante, em vez de voltar para trás, para Barreiras.

Como se tivesse adivinhado seus pensamentos, Teo estendeu o braço em torno dos ombros dela e a olhou nos olhos, profundamente.

— Tá pensando no quê? — sussurrou.

Pega de surpresa, e de certo modo desavisada sobre a intensidade daquele olhar, Line buscou desconversar:

— Hum, em nada. Eu estava pensando em onde levar vocês, já que não conhecem muitas coisas por aqui.

Aquela era uma zona confortável para conversar.

— Ei, eu já conheço tudo aqui! Já fiz todos os programas de turista, agora tô só curtindo pra ver os *brothers*, ir à praia... — respondeu Canutto, enquanto abocanhava seu sanduíche.

— Mas ele, não — ela apontou para Teo.

— Ah, relaxa. Eu não faço questão de ver essas coisas, não... — retrucou Teo.

— Como assim? Oxe, e você vem pro Rio pela primeira vez e não vai visitar o Corcovado, o Pão de Açúcar?...

Aquilo não entrava na cabeça dela. Como uma pessoa viaja para a Cidade Maravilhosa e não quer visitar os pontos que tornaram a cidade famosa?

— Não faço questão, não. — Ele riu torto, engolindo um pouco do sanduíche. — Eu já tô aqui há muitos dias, e nem tenho mais grana pra essas coisas. — Ele pegou o fim do que restava dos quinze centímetros. — Já conheci muita coisa nesta cidade, pra mim já deu. Conheci muitas pessoas também, e é isso que faz valer a pena.

Por um lado, ela compreendia aquilo. Por outro, não.

Talvez porque já estivesse acostumada com os visitantes do hotel, que sempre pediam informações sobre os pontos turísticos e tudo mais, essa postura dele não entrasse muito na cabeça dela. Por outro lado, ela mesma também não conhecia os famosos pontos do Rio. Chegara pela primeira vez àquela cidade dez dias antes do seu casamento e, desde então, não tivera vontade alguma de ir visitar nada, nem mesmo os cartões-postais cariocas.

Mas ela sabia como os turistas se sentiam em relação a tudo, por isso era tão difícil entender Teo.

— E o que você tem feito aqui no Rio, pode-se saber? — ela provocou, imaginando-o como um verdadeiro garanhão, que passava o rodo nas cariocas. Afinal, não é isso o que muitos rapazes solteiros em férias fazem?

— Ah, tô passando um tempo com uns *brothers* aqui — ele respondeu, tomando um gole do refrigerante dela. — Primeiro fiquei uns dias na casa de um amigo na zona norte, em Coelho Neto, conhece?

Nossa!

— Não, não conheço. Mas já ouvi falar. É longe, hein?

— Pois é, eu não sabia. Mas tranquilo, de graça, né? Fiquei uns dias por lá, só que ele não tinha vontade de fazer nada, só queria ficar em casa, não queria nem sair pra dar um rolé.

— Puxa...

— É, foi meio chato, até. Mas de boa. Tá tranquilo.

Tudo para ele era de boa, era tranquilo. Aquele jeito de encarar as coisas sem preocupação, sem se frustrar, maravilhava Line, tão acostumada com a amargura do abandono. Aquela era uma pessoa que, independentemente de para onde a vida os levasse, ela queria ter sempre em seu coração, para sempre se lembrar de que a vida pode ser muito mais simples ao nos desapegarmos das coisas em vez de fazermos muitos planos.

Teo engoliu a última parte do sanduíche e amassou o guardanapo em cima da bandeja. Em seguida, tomou mais um gole do refrigerante e esticou as pernas, recostando as costas no espaldar da cadeira e buscando a mão esquerda de Line por debaixo da mesa.

— E depois? — ela insistiu.

— Depois? Depois fui para a casa de outro *brother* na Barra. Foi bem legal lá, ele tem um casão foda, mas bem isolado de tudo.

— É, a Barra é assim mesmo, tem que ter carro... — ela concordou.

— Foi lá que você passou o Ano-Novo, jovem? — Canutto se interessou.

— Sim, foi. O *brother* deu um festão legal, cheio de gente que eu não conhecia. Mas foi legal.

— Puxa, você não passou o Réveillon em Copacabana?

Novamente, o fato de alguém vir para o Rio pela primeira vez, naquela época, e simplesmente não passar a virada de ano num dos locais mais famosos e mais cobiçados do mundo, simplesmente não entrava na cabeça dela.

— Eu até pensei em ir, mas não tinha muito cabimento ir sozinho. Ainda mais com o *brother* dando uma festa lá.

— Aaah, tá bom, porque lá você não ia ficar sozinho, né? — Canutto provocou, jogando um guardanapo amassado no amigo.

Teo desviou a cabeça para não ser atingido.

— Não, teve uma garota lá, uma gringa. A gente ficou e tal.

O estômago de Line afundou ao ouvir aquilo. O que era isso que ela sentia?

— Mas não rolou nada de mais — ele se apressou em dizer, olhando para Line.

Ela não sabia o que era aquilo que sentia, nem entendeu por que ele se apressou em se justificar para ela, afinal, eles não eram nada um do outro, certo? Nem antes, nem agora.

— E por quê? — disse ela, querendo saber, muito embora temesse a resposta.

— Ah, sei lá, a garota era maluca. A gente ficou uma vez só e ela se apaixonou por mim...

Line não podia mentir que não se sentiu incomodada por ouvir que houve outra garota antes dela, mesmo que não tivesse rolado nada. Gostou menos ainda de saber que a tal gringa se apaixonara por ele em tão pouco tempo. Quer dizer então que ele era esse tipo de rapaz, que fazia as garotas caírem aos seus pés e depois as largava? Por outro lado, ela podia entender que a garota tivesse se apaixonado por ele, mesmo que por um dia. Entendia, porque podia ver aquilo acontecendo consigo mesma. Como não se enamorar de alguém tão encantador como Teo?

No fim, ela gostou de ele se preocupar em dizer que fora apenas uma bobagem de impulso e, quis acreditar que com ela era diferente.

— Tudo bem. — Ela sorriu em resposta, recebendo um beijo dele na bochecha.

— Mas agora o Canutto tá aqui e a gente vai se divertir um pouco — ele emendou.

— Yeah, yeah!

— E vocês dois, como se conheceram? — perguntou ela, curiosa por saber.

— No curso de inglês — Canutto respondeu.

— Jura?

De todas as coisas em que teria pensado, ela não teria adivinhado essa.

— Então vocês são fluentes?
— Na verdade, somos péssimos. — Teo riu.
—Yeah, Yeah!
—Yeah, Yeah!
Ah, os homens.... Sempre tão parceiros...

Depois de quase duas horas de papo jogado fora na Sanduicheria, os três acharam que já dava para voltarem para o apê, já que também queriam descansar. E, no final das contas, Teo não aguentara comer os trinta centímetros do sanduíche e resolveu levar a outra porção para casa, para o almoço do dia seguinte.

Levantaram-se juntos, Teo segurando a mão de Line.

Esse pequeno gesto da parte dele, de sempre procurá-la daquela forma, de tê-la por perto, aos poucos derrubava a muralha que ela construíra em volta de si mesma para se proteger.

Só que, naquele momento, nenhum dos dois se dava conta de que isso estava acontecendo.

capítulo 9

— *O*xe! Eles já estão dormindo?

— Parece que sim — respondeu Canutto, trancando a porta atrás deles.

— Devem ter tido uma noite agitada.

Os três riram com o comentário de Teo e foram para a sala, onde se largaram no sofá.

— Eu daqui a pouco vou dormir também. Viagem é sempre meio cansativo — comentou Canutto, ligando a televisão.

— E eu daqui a pouco tenho que ir também, senão fica tarde pra mim.

— Ahhh, não vai, não... — pediu Teo, puxando-a para perto de si e a envolvendo com seus braços.

Como resistir?

— É que eu tenho que voltar sozinha, e vou trabalhar amanhã de manhã.

— Ahhh, jura? Vai não...

Ele tornava a tomada de decisões uma tarefa muito difícil para Line. Como manter-se responsável quando seu corpo se sentia tão à vontade abraçado ao dele?

Ela podia ficar, claro. Só tinha certeza de que não dormiria ali.

Era isso que ela temia.

E era isso que ela queria.

Seu lado racional começou a se inquietar, dizendo que as coisas iam rápido demais, que eles haviam se conhecido naquele dia, que não se deve sair dormindo com os caras assim, logo de primeira.

Mas, então, como deveria ser? Ela deveria namorar o cara anos antes, deixar-se enganar e depois ser abandonada no altar? Foi isso o que aconteceu da última vez que ela decidiu fazer as coisas de acordo com o roteiro.

Como saber agir quando não se tem ideia do que o futuro está tramando?

— A gente tem que pedir mais toalhas para a administradora do apê — Canutto comentou.

— Amanhã a gente liga para eles. Hoje eu duvido que tenha alguém lá.

Line já havia se dado conta de que, por mais mobiliado e legal que fosse aquele apartamento, não era um lar, e, assim, sempre estariam faltando algumas coisas, pequenos detalhes. E são os pequenos detalhes que proporcionam conforto numa viagem.

— Do que mais vocês estão precisando aqui? — Ela observou um pires em cima da mesa da televisão, que havia sido usado para apagar um cigarro. — De repente eu posso trazer alguma coisa do hotel.

Os rapazes se entreolharam por um instante e Canutto respondeu:

— Ah, a gente não precisa de nada, não...

— Vamos, me deixem ajudar! Sei que deve haver coisas de que precisam...

— Tá tudo bem, Line. Já compramos tudo.

Ela não quis insistir no assunto, e fez uma nota mental para reparar no que eles precisavam e que não contariam a ela. Se pudesse ajudá-los com essas pequenas coisas, por que não fazê-lo? Não se encrencaria no hotel se pegasse uma coisa ou outra para seu uso pessoal; tinha permissão para isso.

Depois de zapear na TV por uns dez minutos, Canutto largou o controle no sofá e disse que ia dormir, que não tinha nada para ver ali.

— Tudo bem. Boa noite, Canutto.

— Boa noite, Line.

Line quis agradecê-lo por deixá-la ficar ali, afinal ela nem estava dividindo a diária nem nada. Mas não disse nada. Deixou-se levar por aquele momento de cotidiano, como se todos eles já se conhecessem há anos e tivessem planejado passar aquelas férias juntos, e estar naquele momento fazendo exatamente aquilo: nada.

Naquele instante, Line percebeu que, junto de Teo, o melhor plano era não planejar.

Teo achou um filme nacional em um canal qualquer e os dois ficaram no sofá, abraçados, em frente à TV.

Considerando que havia um casal em uma das camas no quarto e na outra estava Canutto, Line pensou que seria melhor que eles dois ficassem por ali mesmo.

Teo brincava com uma mecha de cabelo de Line, enquanto ela passava a mão despreocupadamente pela perna dele.

No filme, o casal de protagonistas começou a se beijar e imediatamente Line sentiu Teo aproximar-se, sua respiração acelerando suavemente. Talvez ficar passando a mão na perna dele não fosse um gesto tão despreocupado assim.

Ela o queria, não havia dúvida. Mas ali, numa sala de estar, com três rapazes dormindo no quarto ao lado? Line queria afogar essa ideia, mas não conseguia evitar pensar nisso, e era o que bastava para ela se sentir desconfortável com a situação.

Mas ela o queria. E agora?

Os créditos começaram a subir, e uma famosa música brasileira começou a tocar:

Vamos fugir deste lugar, baby
Vamos fugir...

Teo se aproximou da orelha de Line e cantou só para ela:

Vamos fugir
Pr'outro lugar, baby!
Vamos fugir
Pr'onde quer que você vá
Que você me carregue

Será que ele estava querendo dizer alguma coisa? Ou será que estava apenas tentando seduzi-la com palavras bonitas?

Independentemente de qual fosse a intenção, estava funcionando.

Line inclinou o rosto para a esquerda e beijou os lábios daquele rapaz que, em tão poucas horas, a fizera esquecer toda a mágoa dos últimos meses. O que quer que acontecesse, ela viveria aqueles momentos sem se arrepender.

Teo a beijava com vontade, e Line retribuía. Em algum momento a televisão desligou, e os dois ficaram no escuro da sala.

Teo puxou o assento do sofá, que virou uma cama. Não era das mais confortáveis, mas era o que tinham à mão.

Line se arrastou para trás, com as costas na parede, e Teo seguiu o mesmo caminho, ficando de frente para ela, acima dela.

Instintivamente, ela começou a puxar a camisa dele e ele rapidamente se livrou da peça. Vê-lo sem camisa a fez ter vontade de abraçá-lo com força e nunca deixá-lo partir. Era isso que ela sentia, era isso que queria dizer.

Mas não disse, nem fez.

Ele se abaixou para beijá-la e, gentilmente, começou a abrir os botões da camisa dela. Era o último momento para dizer não, caso não quisesse seguir com aquilo, mas ele partiria no dia seguinte! De todos os arrependimentos que aquele envolvimento poderia trazer para o seu coração, de uma coisa ela tinha certeza: não queria se arrepender de não tê-lo amado por completo.

As mãos de Teo eram gentis e rápidas. Sem perceber, Line estava só de calcinha.

— Sua pele é tão macia... — disse ele, deixando uma trilha de beijos entre o pescoço dela e descendo por sua barriga.

Line se arqueou, e seu tronco se elevou, buscando o contato dos lábios de Teo.

Nunca antes ela havia sido tratada daquela maneira. O ex, aquele tratante, buscava satisfazer apenas a si mesmo, e o sexo quase sempre era rápido e prático. Era bom, não podia mentir, mas não tinha o envolvimento sensorial que Teo lhe proporcionava agora.

Tudo aquilo era novidade para ela.

Antes que Teo lhe tirasse a calcinha, Line foi mais rápida e o ajudou a tirar a bermuda. A penumbra não permitiu que ela conseguisse visualizar bem o membro dele, mas pôde sentir que ele já estava pronto.

Teo levantou-se e Line o ouviu buscar alguma coisa na mochila. O já conhecido barulho de papel laminado surgiu, e ele trouxe a camisinha para junto deles.

Ela deveria continuar com aquilo?

Ela o queria, mas não daquele jeito. Não numa sala aberta, correndo o risco de alguém aparecer de repente, ou de os outros os ouvirem do quarto. Não com ela cansada, tendo de acordar cedo e correr para trabalhar dali a algumas horas, sem poder curtir a felicidade de acordar ao lado dele no dia seguinte.

Ela o queria, mas não daquele jeito.

Mas ela o queria. E no dia seguinte ele iria embora.

Teo a puxou por baixo dele com uma das mãos e, com a outra, tirou-lhe a calcinha.

Por instinto, Line abriu as pernas e deixou espaço para Teo fazer o que tinha de ser feito. Desde que o mundo era mundo, homem e mulher sabiam como agir no escuro.

Seus corpos procuravam-se com ardor, os beijos se intensificaram e Line tinha uma urgência crescente de sentir Teo em toda a sua intensidade dentro dela. Queria esquecer tudo, inclusive de si mesma. Queria apenas a ele, e só ele.

Teo puxou o papel laminado e o rasgou. Enquanto ele se protegia com o preservativo, aquele mero segundo em que os dois estavam afastados um do outro foi suficiente para que a insegurança a invadisse novamente. E se alguém acordasse? Ela deveria estar fazendo aquilo, já que mal o conhecia?

Teo voltou a se aproximar dela, pronto. Line jogou os pensamentos para um canto de sua cabeça e os obrigou a ficar calado.

Ela sentiu quando ele investiu nela pela primeira vez, cauteloso, fazendo ambos se acostumarem um com o outro.

— Nossa, como você é gostosa...

Teo sussurrou muito mais para ele mesmo do que para ela. Ainda assim, Line sentiu-se enrubescer com o comentário.

— Nossa, que boceta gostosa...

O quê???

Dessa vez ela não aguentou e riu alto. Teo acabou rindo junto, e parecia que esse era o ponto de que precisavam para se sentir mais à vontade e se libertar das amarras que os prendiam.

Line arqueou o corpo para trás, dando espaço para Teo investir mais. De alguma forma ele sabia exatamente onde era o ponto fraco dela, e internamente ela quis agradecê-lo por isso. Ela sentia que mais um pouco e atingiria o clímax. Queria que ele viesse junto com ela, então segurou forte no bíceps dele e...

Um som no quarto os distraiu.

Imediatamente Line abriu os olhos, sem ter percebido que os havia fechado. Olhou na direção do quarto e, em seguida, para

Teo. Ele também ouvira alguma coisa, mas agora tudo era silêncio. Não dava para saber se alguma coisa caíra sozinha, se alguém havia acordado ou, pior ainda, se nada ocorrera.

Fato era que algum som os distraíra. E agora o momento se perdera.

Com um longo suspiro, Teo saiu de dentro de Line e se deitou ao seu lado, passando o braço por trás dela, de modo que ela se aconchegou em seu peito.

Não precisavam dizer nada. Nada precisava ser dito quando ambos sabiam que haviam sido roubados pelo duende da ironia.

capítulo 10

*H*oras podiam ter se passado, ou talvez apenas alguns minutos. Line abriu os olhos, acordando de um sono leve e inquieto. Demorou alguns segundos para que sua visão se acostumasse à penumbra e ela pudesse se lembrar de onde estava.

E com quem estava.

Virou o rosto para a esquerda e lá estava Teo, adormecido como um menino. Estava completamente nu, mas ainda tinha o preservativo posto. Ela pensou em ajudá-lo, afinal aquilo deveria incomodar, mas não queria acordá-lo. Queria observá-lo por alguns instantes, e eternizar aquele momento em sua memória como uma fotografia.

Mesmo no escuro, Line conseguia entender por que se sentia atraída por Teo. Os dois tinham a mesma idade, mas, por dentro, ele era mais jovem. Podia até ser impressão dela, afinal é fácil ser despreocupado quando se está de férias, porém ela sentia que a essência dele era assim: leve, descontraída. Uma energia boa, que faz você querer estar perto da pessoa para sempre.

Teo era um bom rapaz, que não ambicionava grandes feitos nem queria conquistar o mundo. Era simples, jovem, bonito e bom.

E parecia que gostava dela.

O que mais Line poderia pedir?

Uma campainha soou ali perto, indicando o recebimento de uma mensagem em algum celular. Line percebeu que havia sido esse barulho que a despertara. Ela ia voltar aos seus pensamentos sobre Teo quando um novo barulho soou. E outro. E mais outro. Aparentemente, o celular de alguém estava sendo bombardeado.

Teo se mexeu ao seu lado e estendeu o braço, buscando algo em sua bermuda. Em seguida, tirou de lá o celular.

Hum... Quem manda tantas mensagens para ele a esta hora da madrugada?

Ele olhou o visor do aparelho de relance, apertou um botão e colocou o aparelho de lado.

Imediatamente, o celular acusou nova mensagem.

— Quem é a esta hora? — Ela não aguentou a curiosidade, mas disfarçou a voz, fingindo estar acordando naquele momento.

— Uma amiga.

Hum... Amigas que enviam mensagens de madrugada são problema...

— Não é melhor responder logo?

Fosse o que fosse que a tal amiga quisesse, seria melhor responder qualquer coisa a ela do que ficar com o celular apitando de minuto em minuto a noite inteira. Além do mais, mesmo que a tal "amiga" fosse um caso mal resolvido, Line se colocou no lugar da garota e pensou no quanto as mulheres ficam meio paranoicas quando tentam falar com os caras e eles simplesmente as ignoram. Ela já passara por isso uma vez e não desejava isso a ninguém.

Line viu Teo digitar qualquer coisa. Tentou não ser bisbilhoteira, mas a curiosidade foi mais forte. Ele digitou "dia 24". Line não sabia o que aquilo significava, mas arquivou a informação num local que pudesse acessar no dia seguinte, quando tentaria descobrir seu significado.

Teo largou o telefone e se virou de lado. Puxou o braço de Line sob a própria cintura e voltou a dormir.

Ela, por outro lado, não conseguiria dormir.

Sentia-se inquieta, angustiada, incomodada. Não só pelo sofá, que não era lá muito confortável, mas por toda a situação: estava nua, no meio da sala de um apartamento desconhecido, com quatro desconhecidos. Homens, ainda por cima! Estava longe de casa, ao lado de um rapaz por quem ela rezava não estar se apaixonando, e em algumas horas teria de sair para trabalhar, a contragosto. Ainda por cima, agora existia uma certa amiga misteriosa, cutucando sua insegurança de vez!

Teo já havia voltado a dormir, e Line aproveitou para se levantar. Precisava sair dali, sentia-se sufocada.

Foi até o banheiro e acendeu a luz. Ver-se nua naquele espelho foi um choque.

Seus seios pareciam maiores, e suas curvas, mais acentuadas. Teve a impressão de que nunca antes vira a si mesma assim, ao natural, sem o peso da expectativa nas costas.

Porque a expectativa do casamento, de ser a mulher certa para o noivo, de atingir o tipo de vida que desejava para si mesma, de não frustrar as expectativas de seus pais, tudo isso a deixava menor, mais curvada, possivelmente mais feia. Todo aquele peso que vinha na bagagem junto com o casamento com o cretino, peso esse que ele fizera o favor de piorar ao sumir, e deixá-la carregando tudo sozinha.

Só que agora, diante do espelho, Line se via pela primeira vez.

E sorriu.

Apesar da hora avançada, teve vontade de ligar para a mãe e ouvir sua voz, dizer que se sentia bem e, quem sabe, dividir um pouco dos seus planos para o futuro. Não contaria sobre Teo, claro.

Line voltou para a sala e procurou o celular em sua bolsa. Aproveitou e vestiu a camisa social. Sentia-se incomodada em ficar nua naquela casa cheia de homens.

Voltou para o banheiro com o celular na mão. Era apenas uma da manhã, havia boa chance de a mãe ainda estar acordada.

Ela trancou a porta e digitou o número.

— Alô?

— Mãinha?

Ouvir a voz da mãe depois de tanto tempo deixou seus olhos marejados. Elas se falavam com alguma frequência, e a última vez tinha sido no Natal. Entretanto, era a primeira vez, desde que ela estivera no Rio para seu casamento, que Line sentia vontade de realmente conversar com a mãe, e não apenas mandar notícias e dizer que estava viva.

— Tudo bem, minha filha? Por que você está ligando tão tarde?

— Nada não, mãinha. Não vi que tava tarde — ela mentiu. — Só queria saber como estavam as coisas aí.

— Ô, minha filha, tá tudo igual por aqui, né? Seu pai continua trabalhando, graças a Deus, e isso que importa. O homem que cuida da família faz a família feliz.

Começou...

— Certo... Aqui tá tudo bem também. Estou trabalhando bastante no hotel e tô pensando em sair de lá logo.

Houve um momento de silêncio.

— Oxe, minha filha, você vai sair do hotel por causo di quê?

— Por nada não, mãinha. Mas não posso ficar lá para sempre, né?

Novo silêncio.

— Você conheceu alguém.

— Não, mãinha...

Agora ela estava mentindo de fato, e não gostava de mentir para a mãe.

— Ó, minha filha, vê lá o que você vai arrumar. Se for por causa de homem, que seja um homem que te dê futuro, viu? O homem tem que cuidar da casa, ser responsável pela família, te dar segurança. Você, filha, tem que cuidar dele, dar seu amor e cuidar da casa e dos filhos, ajudar nas despesas e tudo mais, mas é a função dele fazer isso, então, trate de arranjar um marido que te dê tudo isso.

Era por isso que Line não ligava para a mãe com mais frequência. Toda vez era o mesmo papo sobre o marido ideal, aquele que tudo provê e nada exige.

— Igual ao cretino que me deixou, né?

Line se arrependeu logo após ter dito. Tarde demais.

Ouviu sua mãe soltar um longo suspiro.

— Filha, o que aconteceu aconteceu. Não era pra ter sido. Ele errou, e é até melhor que você não tenha se juntado a ele, pois seria infeliz. O que não significa que todos os homens bem-sucedidos sejam iguais a ele. Tem muito advogado, médico, doutor que tem bom coração e boa estrutura financeira para formar uma família contigo.

Claro, mãinha! Na verdade todos eles são solteiros, ricos e estão catalogados num banco de dados esperando garotas do interior como eu irem lá selecioná-los como maridos para sempre.

— Tá bom, mãinha. Só liguei para dar um alô mesmo.

— Filha, tome tento. Você já não está mais na idade de ficar de passeio por aí na vida, tem que se assentar, criar casa, família, raízes.

— Tá bom, mãinha.

— Tem que começar a pensar nessas coisas, filha, que elas não se arranjam da noite pro dia, não, viu? E daqui a pouco você já está com trinta anos!

— Tá bom, mãinha.

— As suas amigas daqui já tão tudo casada já...

Que amigas? Ah, sim, aquelas que não querem saber de mim...

— Tá bom, mãinha...

— E daqui a pouco eu e seu pai ficamos velhos e queremos ver nossos netos!

Um... dois... três...

— Tá bom, mãinha... Vou desligar, tá? Beijo, mãinha, a bença!

— Deus te abençoe, filha...

Line desligou antes que a mãe recomeçasse o discurso.

Olhou-se novamente no espelho. Parte do erro que cometera em aceitar se casar com o maldito tinha sido por causa dessa pressão da mãe para que ela constituísse família logo, antes que o prazo passasse. Agora ela entendia. Queria tanto cumprir esse desejo da mãe que acabou fechando os olhos para os muitos sinais de vadiagem que o infeliz lhe dera nos últimos meses. E agora ela arcava com as consequências.

Claro que a culpa maior ainda seria dele, mas agora ela entendia: precisava desvincular-se dessa pressão, dessa urgência de ser feliz que a mãe lhe impunha, mesmo que não percebesse estar fazendo isso com a própria filha. No fundo, Line sabia que a mãe só queria vê-la em segurança, num tipo de vida mais confortável e melhor do que a que ela tivera.

Line saiu do banheiro, mas, antes de desligar a luz, observou o semblante de Teo adormecido no sofá-cama. Sem perceber, começou a sorrir. E, quando se deu conta disso, todas as respostas vieram junto com o sorriso.

Ela programou o celular para despertar, apagou a luz do banheiro e se deitou ao lado dele.

capítulo 11

Por mais que tivesse tentado, Line não conseguiu dormir nada naquela noite. Virou de um lado para o outro, mas o calor do auge do verão carioca fazia seu corpo pegar fogo, e a camisa social que ela vestia já estava ensopada de suor.

Olhou para o relógio novamente. Faltava uma hora para sair dali e ir para o aeroporto. Ainda estaria escuro na rua, mas ela teria de sair cedo, porque o trajeto era longo e não havia muitos ônibus que iam naquela direção, ainda mais àquela hora. A van iria encontrá-la direto lá, então a ida seria por sua conta.

Teo dormia tranquilo ao seu lado, e Line flagrou-se invejando-o. Ela se dera conta de que, no fundo, queria ser assim, que nem ele: solto, descontraído, sem o peso da responsabilidade nas costas. Bom, claro que, como todo adulto, naturalmente ele deveria ter, sim, algumas responsabilidades: consigo mesmo, com sua família etc. A diferença residia na forma como ele encarava esses desafios, sem tanto drama, sem essa obrigação de cumprir as expectativas dos outros. Teo fazia o que fazia, arcava com as consequências de suas escolhas e era feliz com isso.

Line tinha muito a aprender com ele e desejou ter todo o tempo do mundo para isso.

Ela respirou fundo e se obrigou a voltar à realidade. Levantou-se com cuidado, para deixar Teo dormir o máximo possível, e foi para o banheiro. Lavou o rosto e jogou uma água nos cabelos, penteando-os com os dedos mesmo. Era a melhor coisa que poderia fazer para domá-los naquelas circunstâncias.

Entreabriu a porta do banheiro e foi até a cozinha, onde roubou uma banana e bebeu um pouco de água. Levaria algumas horas até poder tomar um café da manhã apropriado, mas não podia ficar tanto tempo assim sem se alimentar.

Voltou para a sala e buscou sua calcinha e sua calça, vestindo-as rapidamente. Imediatamente vieram as lembranças da noite interrompida, e ela desejou que os dois tivessem tempo agora para retomar de onde haviam parado anteriormente.

Suspirou novamente, e desconfiou de que em breve se tornaria uma dessas garotas que ficam suspirando pelos cantos.

Procurou na sua bolsa o lápis de olho e o batom e voltou para o banheiro para terminar de se arrumar. Uma das coisas que havia aprendido desde que fora morar no hotel era sempre andar com um pouco de maquiagem na bolsa, pois de uma hora para outra um serviço podia pintar e ela tinha de estar sempre pronta.

Olhou-se no espelho. Sempre pronta não era bem o que podia se dizer da imagem que via refletida ali. Queria ter tomado um banho pelo menos, pois sentia seu corpo todo suado, mas não sabia se haveria uma toalha extra para ela ali, e tampouco queria pegar a toalha de alguém. Sua blusa estava bastante amarrotada, por mais que ela tentasse esticá-la com as mãos para baixo.

— Bom, vai ter que ser assim mesmo — disse ela em voz alta. Faria uma placa lá no aeroporto e a colocaria a sua frente, de modo que os passageiros nem teriam a oportunidade de reparar na sua roupa.

Não queria acordar Teo, mas também não queria sair dali fugida, como uma rata.

Felizmente, quando ela voltou à sala, Teo acordou sozinho.

— Você já vai? — perguntou ele, ainda sonolento.

Line teve vontade de pular em seus braços e se aninhar, esquecer de tudo, de todas as responsabilidades e compromissos, e simplesmente ficar ali, curtindo aquele momento, sem nenhuma preocupação com o amanhã.

Chegou mesmo a dar um passo à frente, e foi por um segundo, por um milésimo de segundo, que tudo isso não aconteceu.

— Sim, tenho que ir, gatinho...

Ele encostou a cabeça no travesseiro, fechou os olhos, pegando impulso e, de um pulo, levantou-se.

— Eu te levo até o ponto.

Line quis dizer que não precisava, que ele poderia ficar ali descansando, mas ainda estava escuro do lado de fora, e uma garota sozinha no ponto de ônibus àquela hora podia ser bastante arriscado.

— Obrigada.

Teo se vestiu rapidamente, jogou o preservativo no lixo do banheiro e lavou as mãos. Ao sair, estendeu-a a Line, que a recebeu com carinho e se deixou conduzir para fora do apê.

— Qual ônibus você vai pegar? — perguntou ele.

— Pode ser qualquer um. Posso pegar um que me deixe próximo ao aeroporto Santos Dumont, ali no Centro, sabe? E de lá eu pego outro, porque a esta hora é muito difícil pegar o que vai direto para o aeroporto internacional.

— Entendi.

Abraçados, Teo atrás dela, estavam encostados no ponto de ônibus, olhando o tráfego. Os primeiros coletivos e carros começavam a surgir nas ruas, ou quem sabe voltassem ainda da noite anterior, não se sabe. No Rio de Janeiro, a madrugada é uma tênue linha que não respeita os horários da manhã e da noite, transformando-se num momento único e sem fim.

— Teo?

— Hum.

O coração de Line batia forte.

— Por que você não fica até o Carnaval?

Ela pensara nisso a noite toda e buscava um momento certo para dizê-lo. Aquele não era o momento, mas Line precisava fazer com que ele soubesse que ela não queria que ele fosse embora. Não hoje.

— Até o Carnaval? — Ele riu. — Quando é o Carnaval este ano?

Ouvi-lo rir suavizava a tensão que ela carregava dentro de si, mas não a tranquilizava por completo.

— No final de fevereiro.

Um ônibus passou por eles, mas Line não fez menção de fazer sinal para que ele parasse. Chegaria a tempo para seu compromisso, e, agora, era mais importante terminar aquela conversa.

— Não posso... As aulas vão começar já no mês que vem, e eu também tenho que trabalhar. Mais fácil eu trabalhar o mês inteiro lá e voltar no fim do mês do que ficar aqui direto, saca? Eu nem tenho dinheiro para ficar tanto tempo!

— Ah... Você dá aula?

— Também. Dou aula de skate pra molecada aos sábados. Mas também estou na faculdade, terminando.

— Hum... Falta quanto tempo?

— Um ano, um ano e meio. Não sei. Depende do que eu for fazer da minha vida.

Aquela resposta vaga não era bem o que ela queria ouvir.

— E você estuda o quê?

— Filosofia.

Per-fei-to!

— Ah.

Teo a abraçava com carinho, num gesto que denotava proteção, que ela não queria desfazer.

— O Carnaval aqui deve ser uma loucura! — ele pensou em voz alta.

— É mesmo. Mas deve ser muito divertido também. O tipo de coisa que você tem que fazer ao menos uma vez na vida.

— Deve ser mesmo. Mas deve ser uma loucura!

Ela entendia o que ele queria dizer, então apenas concordou com a cabeça. Outro ônibus passou e ela o ignorou, mas não poderia continuar assim; uma hora precisaria ir.

— Que horas você está livre hoje? — perguntou ele.

Teo queria vê-la novamente. Queria estar com ela de novo, e isso a deixava muito feliz.

— Acho que só na parte da tarde, meu rei. Tenho que buscar esses passageiros no aeroporto e levá-los até o hotel, e, então, acomodá-los lá.

— Tudo bem. Eu te ligo à tarde, então.

Era o momento de se despedir. Ela precisava pegar o ônibus que vinha agora, ou realmente se atrasaria para seu compromisso.

Entretanto, havia uma última pergunta, a mais importante de todas, que ela precisava fazer, mas não encontrava coragem.

Line fechou os olhos, virou-se para Teo e disse baixinho:

— Mas você não vai embora hoje, vai?

Os cinco segundos que se passaram em seguida foram os mais longos de sua vida, muito mais do que os trinta minutos que ficou no altar esperando pelo patife que nunca veio.

Teo segurou o rosto dela com ambas as mãos e a olhou em seus olhos.

— Não. Vou embora amanhã.

Aquela simples palavrinha, cheia de negatividade, era a palavra mais feliz do mundo para ela naquele momento. Nunca achou que ficaria tão feliz em ouvir alguém dizer não.

Line soltou o ar dos pulmões, sem se dar conta de que o prendia.

— Tudo bem, então. Mais tarde a gente se fala.

Ela lhe deu um beijo mais demorado do que deveria, já que o ônibus já estava parado no ponto aguardando outro passageiro subir, mas mais rápido do que desejava.

— A gente se fala mais tarde — ele repetiu.

Não pela última vez naquele dia (que seria o fim do dia anterior ou o começo de um novo?), Line se afastou de Teo, desejando não ter de fazer isso, e já contando os minutos para voltar a ficar ao seu lado.

O aeroporto nunca antes lhe pareceu tão tedioso. Era bem verdade que Line já estava parada ali havia mais de uma hora, segurando uma placa que ela mesma fizera à mão (pedira emprestadas folha e caneta para um dos guias que ela conhecia, de tanto se encontrarem por ali). O voo dos hóspedes estava atrasado mais de uma hora, e o painel de aterrissagens indicava apenas "previsto", o que, para bom entendedor, significava "sem previsão".

Line estava ali, mas não estava. Seu corpo estava parado, segurando a placa automaticamente. Passava das nove e meia da manhã, e sua cabeça pesava de sono. Sentia a roupa grudar no corpo com o calor da noite anterior e daquela manhã quente de verão, o estômago reclamava por comida e as pernas mal a sustentavam. Precisava descansar, urgentemente. Precisava fechar os olhos e dormir. Precisava de um banho e de um café da manhã reforçado.

Recriminou-se internamente por se abandonar tanto. Nunca fora do tipo de se descuidar da saúde, mas as coisas aconteciam tão inesperadas e tão rápidas quando estava com Teo que ela simplesmente não via o tempo passar. Quando se dava conta, já tinha passado da hora de comer, ou já era hora de ir embora. Não sabia o que era, mas, perto dele, o tempo passava rápido demais.

Ao contrário daquela manhã no aeroporto.

Cheia de esperança, Line olhou novamente para o painel e sorriu aliviada ao ver que ele finalmente havia mudado. Antes informava "atrasado", depois passara a informar "previsto" e agora ela finalmente lia "pouso". Isso significava que em poucos minutos o avião pousaria e, com sorte, dentro de uma hora, as cinco pessoas que ela esperava sairiam pelo desembarque e ela poderia ir embora.

Passar o tempo pensando em Teo era fácil, mesmo morrendo de sono. Porque todo esse sono era um lembrete constante da noite que tivera com ele, e do quanto ela gostaria de repeti-la até o fim. Teria de dar um jeito de ficar com ele mais à vontade, sem a presença ou a possível interrupção de outras pessoas. Só eles dois, mesmo que tivessem de ir para um motel.

Pensou em como as coisas funcionavam em Barreiras. Quase todas as suas amigas haviam perdido a virgindade em quartos de motel. Ela, não. Ela a perdera nos braços do vizinho, no quarto dele, quando os pais dele haviam viajado para Feira de Santana por um fim de semana. Ela nem gostava tanto dele assim, mas tinha muita curiosidade para saber como era esse tal de sexo. No final, não era nada daquilo que imaginara.

Com o patife do ex foi diferente. Ele era bom naquilo, sabia fazer as coisas direitinho e lhe ensinara muito. Mas era bastante egoísta e só almejava o próprio prazer. Então, quando ele terminava, tudo terminava. Ou ela acompanhava o ritmo dele, ou tinha de virar para o lado e dormir, frustrada. Todas as vezes que se relacionaram aconteceram no hotel de Barreiras, quando ele ia para a cidade a trabalho. Eles se conheceram ali, pois lá ela também trabalhava no hotel, como arrumadeira, e ele viajava para a cidade uma vez por mês como advogado de uma empresa de construção que abria negócios na região. Naquela época Line deveria ter desconfiado de que o relacionamento deles não tinha muito como ir adiante;

pertenciam a mundos muito diferentes, por mais que ela quisesse acreditar no contrário.

No fundo ela sabia que o pilantra nunca a amara de verdade. Estivera com ela todo esse tempo por alguma razão que ela desconhecia, e a pedira em casamento por uma razão mais desconhecida ainda. Impulso, talvez. Ou quem sabe só para provocar a família. Ela se lembrava muito bem de ter ouvido o pai dele murmurar um "ainda bem" quando todos os presentes se deram conta de que o noivo não viria para a cerimônia.

O painel eletrônico mudou. O status do voo indicava "no pátio".

Ainda bem, pensou Line. Sua previsão estava correta, e dentro de uma hora mais ou menos os passageiros deveriam aparecer.

Pensou na sua cidade, na dualidade de uma simplicidade complexa naquele lugar. Era uma cidade grande de interior, o que significava que todo mundo ali não era nem interiorano nem da capital. Pensou em Teo e achou que ele iria gostar de conhecer Barreiras, se aventurar pelas matas, provar as comidas típicas da região, dançar o forró arrastado das bandas ilustres que só o povo de lá conhecia. Teo era um cara bacana, que gostava de coisas de maneira que fossem o menos complicadas possível. Ele iria gostar da sua cidade. Afinal, a distância de Brasília para Barreiras era menor do que para o Rio de Janeiro.

Seus pais fatalmente não aprovariam o relacionamento dela com um skatista que ainda por cima era estudante, e de filosofia! Mas... e daí? Quem se importava? Ela teria muito orgulho de apresentá-lo a eles, e, caso não gostassem da sua escolha, ela ficaria bastante satisfeita em seguir seu próprio rumo, tal como havia planejado.

A placa em suas mãos parecia ganhar um peso maior a cada minuto que passava. Line queria correr para uma cama e dormir a tarde toda. *Cadê esse pessoal que não aparece?*

Queria dormir a tarde toda numa cama, junto dele. Essa era a verdade.

E daí que ele fosse skatista e estudante, e que fosse de outra cidade e fosse se formar em filosofia? Ela mesma não cursara faculdade! Se havia uma coisa que aprendera nesses meses abandonada no Rio de Janeiro, era que não deveria mais esperar conhecer um cara bacana, rico, bem-sucedido e que a amasse para sempre, porque isso era uma ilusão. No final, ela só precisava conhecer um cara bacana que estivesse disposto a amá-la, e a quem ela também estivesse disposta a amar. Todo o resto — distância, dinheiro, futuro, família, carreira — viria com o tempo, e ela mesma cuidaria de tudo. Nunca tivera medo de trabalhar, e sempre se esforçara bastante para conseguir as coisas. Já havia tomado uma rasteira da vida e aprendera a se levantar. Se era para ser feliz, seria feliz com um rapaz legal como Teo. Se era para ter condições financeiras para ter uma família, não esperaria que isso viesse dele: ela se esforçaria em dobro para cobrir as despesas.

Porque ela aprendera que o trabalho e o dinheiro vêm com o tempo, se você se dedica àquilo que faz. Mas o amor pode vir da maneira mais inesperada, e é preciso lutar por ele. Em seu entorno as coisas acabam tomando forma e, por si sós, se ajeitam. Sem amor, porém, não há carreira bem-sucedida que faça uma mulher feliz e realizada para sempre.

Finalmente, os cinco passageiros despontaram no desembarque, todos juntos, e Line sentiu-se aliviada, pois finalmente poderia ir embora dali. Aquelas horas no aeroporto foram preciosas para chegar à conclusão que chegara, e ela mal podia esperar para falar tudo isso para Teo.

Line conduziu os passageiros para a van que os aguardava e teve a impressão de que nunca antes fora tão feliz realizando seu trabalho. Os próprios passageiros sentiram isso, pois, após uma hora de trânsito até o hotel, deram a ela uma boa gorjeta e lhe desejaram um feliz Ano-Novo.

Sim. Até ali era um feliz Ano-Novo. Um novo ano no qual ela finalmente poderia dizer que seria uma pessoa feliz.

capítulo 12

Depois que os hóspedes subiram para seus quartos, Line correu para o dela, desesperada para descansar um pouco. Também queria evitar que Raffa, ou qualquer outro funcionário do hotel, a visse com aquela cara de ontem, com a roupa toda amarrotada.

De volta à segurança de seu quarto, Line largou a bolsa em cima da mesinha e retirou de dentro o celular, conectando-o imediatamente à tomada para recarregar. O aparelho havia descarregado pouco depois de o alarme tocar, e ela fizera uma nota mental para, dali em diante, toda vez que saísse com Teo, levar consigo o carregador; afinal, sempre acabava ficando mais tempo com ele do que o planejado.

Em seguida, despiu-se e colocou a roupa no cesto, seguindo para o banheiro. Line fechou os olhos quando sentiu a água morna tocar seu corpo e apreciou cada toque dela. Sentiu seu corpo relaxar debaixo da cascata artificial e encostou a testa no frio azulejo da parede. Sua vida dava uma volta de cento e oitenta graus, para melhor, e, por mais que ela se sentisse animada e feliz, ao mesmo tempo se sentia com medo e apreensiva.

Deveria se sentir assim? Deveria se sentir feliz com Teo? Ele partiria logo, e ela mesma não tinha a menor ideia do que fazer com a própria vida. Não seria melhor tomar mais cuidado, se entregar menos, viver aos poucos e se preparar para a despedida?

Não!

Line sabia que chegaria a hora de se despedir dele, mas aquele momento não seria hoje. Ela iria se preparar, claro, e, quem sabe, se os dois se gostassem o suficiente, eles não levariam esse relacionamento adiante, de alguma maneira. Ela gostaria que isso acontecesse, e achava que ele também. Ela não tinha nada que a prendesse àquela cidade, e a ideia de se mudar para um novo canto, uma nova vida, lhe parecia cada vez mais agradável.

Não pensaria em despedidas. Não agora.

Saiu do banho e vestiu uma calça folgada e uma camiseta, pronta para descansar. Já passava do meio-dia, e seu estômago roncava alto.

Line foi em direção à cozinha, na qual o cheiro do almoço anunciava uma refeição maravilhosa. Cumprimentou os chefs que estavam ali e se serviu de um prato generoso, afinal sua fome estava acumulada desde a noite anterior. Então, sentou-se à mesa da cozinha junto com dois maleteiros que comiam por ali; cumprimentou-os e entrou na conversa deles, sobre a previsão do tempo para aquele início de ano. A lasanha à bolonhesa junto com a salada de tomate, alface e cebola parecia tudo que seu estômago desejava, agradecendo cada grama de gordura e carboidrato ingerido.

Após uma longa noite como a que tivera, uma boa quantidade de carboidrato era sempre bem-vinda.

Os maleteiros ainda ficaram à mesa quando ela pediu licença e se retirou, levando o prato vazio para a pia, onde o lavou rapidamente. Antes de sair, cortou um pedaço de torta de limão e o colocou num prato, pegou uma maçã e dois croissants de queijo e presunto e levou tudo para o quarto. Sabia que, por mais que tivesse almoçado bem, assim que acordasse estaria faminta. Era sempre assim quando dormia à tarde.

De volta ao quarto, largou o lanche em cima da mesa, escovou os dentes e, grata, largou-se na cama. Não demorou para que caísse em sono profundo.

Já passava das quatro da tarde quando Line acordou. Seu corpo reclamou um pouco, queria permanecer na cama por mais tempo, porém seu coração era o inquieto, e, em vez de bater dentro do seu peito, gritava: "Vamos embora! Vamos embora! Vamos embora!".

Boba, Line riu de si mesma. Que tipo de pensamento era aquele?

Preguiçosamente, ela estendeu o braço e alcançou o celular. Não havia nenhuma mensagem dele, mas o aparelho já estava carregado.

Por mais que sua vontade fosse se vestir correndo e ir atrás dele, resolveu esperar e lhe dar espaço. Não queria ser o tipo de namorada que sufoca o rapaz, grudando nele o tempo todo. Sabia, por experiência, que os homens não gostam desse tipo de garota, tampouco os amigos gostam de ver um deles se afastar, se isolar do mundo só para ficar com a namorada, que não o acompanhava nos programas. Line não queria ser esse tipo de garota. Queria deixá-lo livre para fazer suas coisas, assim como ela também queria ser livre para cumprir seus compromissos. Era importante que cada um tivesse espaço para sua própria vida, sem que um sufocasse o outro.

Ela queria que os dois se sentissem à vontade um com o outro, sem desespero, sem urgência, por mais que seu coração estivesse gritando de saudade.

E, afinal, ele disse que ligaria, não disse? Pois, então, ele que ligasse. Ele tinha de correr atrás dela. Não era assim que funcionavam as regras da corte?

Line se espreguiçou e foi procurar Raffa no escritório. Encontrou-a tal como no dia anterior: debruçada sobre o livro de reservas. Parecia que aquela mulher respirava trabalho o tempo todo. Line a admirava por sua dedicação, mas não queria ser como ela. O trabalho e o sucesso eram bons, mas, se fosse sincera consigo mesma, o que importava mesmo na sua vida era ser feliz com o rapaz que seu coração escolhesse.

Fosse quem fosse.

— Oi, Raffa. Tudo certo?

A chefe levantou os olhos do livro e pareceu enfim se dar conta da presença da outra.

— Ah, oi, Line. Tava dormindo, é?

— Pois é, não dormi muito bem ontem...

Os olhos da amiga se espremeram como se dissessem: "Eu sei que você não dormiu aqui", mas ela não falou nada.

— Alguma novidade? — apressou-se em dizer.

— Não, nada. Só teremos transfer de novo depois de amanhã, então por ora você terá esse tempo livre.

— Legal, obrigada!

Isso era uma boa notícia. Line se preocupava em combinar algum programa com Teo e ter de furar para ir trabalhar, ou, pior, furar com o trabalho por não conseguir dizer não a Teo.

Casualmente, ela se aproximou da pilha de descarte que ficava num armário velho, atrás de onde Raffa estava sentada. Não sabia o que procurava, mas, tão logo bateu os olhos ali, encontrou algo que lhe seria útil.

— Ei, Raffa. Tudo bem se eu pegar isto aqui?

A chefe voltou-se para ela e observou o cinzeiro lascado e a toalha de rosto encardida que ela segurava.

— Vai em frente. Mas para que você quer?

Line temia essa pergunta. Não queria dizer a verdade.

— Para nada. Tô precisando de uma toalha no meu quarto.

Raffa deu de ombros e Line ficou aliviada em não ter de justificar o cinzeiro. Ela já se encaminhava para a porta quando ouviu a outra falar:

— Ah, Line! Eu quase ia me esquecendo! Você lembra que eu vou viajar depois de amanhã para aquele curso de uma semana, né? Tô dizendo isso porque eu mesma esqueci que já era esta semana, e tô correndo aqui para deixar tudo arrumado!

Ela havia esquecido, sim. Mas aquilo era uma ótima notícia!

— Oxe, tá tudo bem, Raffa. Eu vou fazer os transfers normalmente.

— Sim, sim. Não vai ter nenhum durante o tempo em que eu estiver fora, mas você sabe como essas coisas mudam, né?

— Sem problemas. — Ela sorriu e se despediu, voltando para o quarto.

Line havia esquecido completamente dessa viagem da Raffa, mas viria muito a calhar. Poderia convidar Teo para ficar com ela durante esse período, já que ele não tinha mais grana. No hotel eles não teriam de se preocupar com quase nada, e, sem a Raffa ali, Line não se importava com a opinião dos outros funcionários. Além do mais, dali a menos de dois meses ela mesma iria embora, então se sentia como se não devesse nada a ninguém.

Sentou-se à mesinha do quarto e se deliciou com cada pedaço da fatia de torta que pegara mais cedo. A comida do hotel era digna das estrelas que ele levava, mas Line flagrou-se desejando poder ela mesma cozinhar alguma coisa para Teo. Afinal, todo homem gosta de mulher que sabe cozinhar. Assim que ele viesse para o hotel, ela daria um jeito de convencer o chef a deixar fazer qualquer coisa na cozinha.

Ainda com fome, Line devorou os croissants e trocou de roupa, escolhendo um short e uma blusa, algo simples para encarar o calor que fazia do lado de fora. Chinelos eram os calçados típicos da maioria dos brasileiros, e no Rio de Janeiro eles eram bem-vindos em quase todos os estabelecimentos.

O celular acusou o recebimento de uma nova mensagem. Line correu para ler.

"Tô saindo para dar um rolé por ae. Bora?"

É, não era a mensagem mais carinhosa do mundo, mas Line tinha de parar de ser tão exigente. Ele entrara em contato, não entrara?

Ela terminou de se arrumar e, meia hora após receber a mensagem, respondeu:

"Programa típico de verão: ver o pôr do sol no Arpoador. Vamos?"

Dez minutos depois ele respondeu:

"Tô na portaria do prédio. Te espero?"

Dessa vez ela não esperou.

"Sim! Tô a caminho!"

Line jogou o celular e o carregador dentro da bolsa, escovou os dentes e pegou os óculos escuros na gaveta, saindo do quarto em seguida, feliz por enfim poder se encontrar com a pessoa que lhe trazia tanta alegria sem motivo.

A cidade estava agradável, todas as pessoas pareciam felizes e o sol, apesar de forte, assemelhava-se a um abraço gostoso a roçar a pele.

O Rio estaria mesmo assim ou seria a percepção dela que via tudo mais bonito agora?

Line demorou para chegar ao prédio dos rapazes. Seu corpo ainda estava cansado, e ela simplesmente não conseguia se mexer com mais rapidez.

Ao chegar lá, sentiu seu coração se acalmar. Teo estava sentado na escadaria do prédio. Digitava alguma coisa no celular quando ela se aproximou.

— Parece um cãozinho abandonado, sentado aí.

Ele levantou o rosto e sorriu ao vê-la.

— É que não pode ficar parado aqui na entrada, então sentei neste cantinho.

— Tá uma gracinha!

Teo se levantou e foi na direção dela, envolveu-a pela cintura e a beijou com vontade.

— Oxe, assim eu fico sem fôlego, gatinho!

Ele riu e pegou sua mão, conduzindo-a para fora dali. Ela apenas o seguiu, sem se importar com o lugar para onde iam.

— O pessoal foi almoçar agora, você vê...

Line olhou para o relógio na rua, que marcava pouco mais de seis da tarde.

— Oxe, a esta hora?

— Pois é... mas não dá pra mim, não. Esta cidade é muito cara! Não posso ficar saindo com eles toda hora, não. Cada almoço sai cinquenta reais!

Ela não podia culpá-lo. Era um absurdo gastar tudo isso em uma simples refeição.

— Você quer ir lá encontrar com eles? — ela perguntou com cautela.

— Não, não. Comi meu sanduíche de ontem. Quero dizer, o que sobrou dele, porque alguém já tinha comido a maior parte...

— E pode isso, é?

Ele deu de ombros.

— Ah, faz parte, né? Quando você divide o apê com outras pessoas, corre esse risco. Mas tudo bem.

Line observou que ele tinha óculos escuros iguais aos dela, modelo aviador. Um escritor famoso diria que isso era mais do que uma coincidência: era um sinal de que eles tinham gostos semelhantes e que entravam em sintonia com facilidade.

Para eles, aquilo se tornou um motivo a mais para rirem um do outro e se divertirem, trocando os óculos para que um tivesse a lembrança do outro.

Os dois passeavam agora pela orla de Copacabana, onde centenas de turistas transitavam para todos os lados. Era um fim de tarde típico de verão, daqueles mostrados nos filmes e, apesar de todas as pessoas que passavam por eles, aquele jovem casal só tinha olhos um para o outro, sem se preocupar com o futuro que em breve os distanciaria.

capítulo 13

Sentaram-se na mureta de um quiosque em construção, onde poderiam ficar à vontade sem ser obrigados a consumir nada.

— Puxa, você não quer ir lá ver o pôr do sol no Arpoador? Dizem que é tão bonito...

— Para onde é?

Ela apontou a direção, do lado oposto.

— Ah, tá muito longe. Amanhã a gente vai.

Line deixou para lá a questão, embora quisesse muito levá-lo até aquele lugar. Era um programa típico de casais, e aparentemente todos os cariocas faziam isso no verão. Line queria levá-lo para conhecer todos os pontos conhecidos e desconhecidos da cidade. Ela mesma não conhecia a maioria deles, e queria visitá-los na companhia de Teo, para que explorassem o local ao máximo. Não se conformava com o fato de ele fazer pouco caso dos programas.

— Eu tô rodando por esta cidade há tempo demais já, Line. Agora eu só quero curtir a praia e ficar com você.

Ela ficou lisonjeada ao ouvir aquilo.

— É que até agora você ficou nos lugares errados. Ficou em Coelho Neto e na Barra, longe de tudo!

— Fiquei uma semana em Niterói também.
— O quê? Como assim?
Ele riu da exasperação dela.
— Fiquei uma semana lá, na casa de um *brother*. A gente veio uns dois dias aqui pro Rio, para a praia, mas quase o tempo todo ficamos lá, na casa dele.
— Então você veio para o Rio para ficar na casa das pessoas?
Teo deu um beijo na sua testa e se aproximou dela, enlaçando sua cintura.
— Eu vim pro Rio por causa das pessoas.
Ela ponderou sobre aquelas palavras.
— E estou ficando no Rio por causa de uma pessoa.
Line suspirou profundamente. Teo tinha esse estranho jeito de falar as coisas certas nos momentos certos, e isso a assustava.
Assustava-a porque gostava de ouvir, e tinha medo de se apaixonar por ele.
— Teo...
— Sim?
Tomou coragem para dizer:
— Por que você não fica no hotel comigo por uns dias?
A risada sonora dele não foi bem a resposta que ela esperava.
— Ficar num hotel, Line? Eu estou com pouco mais de cem reais no bolso agora, não tenho como ficar num hotel. Eu já tô até devendo pro Canutto, pelas diárias do apê! Esse negócio de pagar diária não estava nos meus planos, e isso me quebrou. — Ele rapidamente olhou para ela e emendou: — Mas está sendo por um ótimo motivo!
Ela suavizou.
— Não, tolinho. Fique comigo no meu quarto, lá no The Razor's. Eu não pago diária, e você também não pagaria, claro. Você pode lavar sua roupa lá, se precisar, e também tem comida, claro. Você não gastaria com nada e ficaria mais tempo aqui no Rio.
Ele parecia absorver as palavras dela.

— Você tá falando sério?
— Estou falando muito sério.
— Olha que eu aceito, hein?

Isso. Era isso que ela queria ouvir. Era isso que seu coração queria ouvir.

— É para aceitar, meu rei. Quero que você fique mais tempo aqui comigo.

Teo beijou-a, tomado de felicidade.

— Então tá feito, eu fico.

Line descansou a cabeça no ombro dele, sentindo uma angústia sair do seu peito, sem saber que ela estivera ali todo esse tempo.

Ficaram por ali, observando o movimento das pessoas que se exercitavam na praia, até que um cheiro muito peculiar chegou até eles. Os dois viraram a cabeça, seguindo a direção de onde vinha, e viram que perto dali havia parado um carrinho de churros.

— Eu quero um churro — disse Teo, não se sabe se para si mesmo ou para Line. — Você quer?

Ela achou graça. Parecia uma criança que, de repente, vê um brinquedo mágico e se esquece de todo o resto.

— Não, obrigado. Eu não como essas coisas, não.

Ele a olhou como se ela viesse de outro mundo.

— Gosto, não. Mas eu te acompanho lá.

Que remédio? Line não curtia essas comidas fritas, mas compreendia perfeitamente quem apreciava. Ela se levantou primeiro, indicando que não havia problema em ir com ele. Teo a seguiu.

Ele tem pouco mais de cem reais na carteira, tá devendo dinheiro pro amigo, mas gasta dinheiro comprando bobagem. Cadê a lógica?

Achou-se ridícula em recriminá-lo daquela forma. O rapaz tinha vontade de comer. Quem era ela para julgá-lo? Se fosse ela quem estivesse de férias, provavelmente agiria igual.

Fizeram o percurso de volta pelo próprio calçadão, enquanto o sol se punha no horizonte.

— Teria sido bonito ver o pôr do sol no Arpoador...

Ela não pôde evitar dizer aquilo. Queria fazer com ele todos os programas de casal a que tinha direito.

Ele olhou ao redor e concordou.

— Amanhã a gente vai, tá tranquilo.

Line desejou que isso realmente acontecesse.

— Como é a sua vida em Brasília?

— Hum... tranquila, eu acho.

— Você mora com seus pais?

— Moro.

Hum... má notícia. Um rapaz na faixa dos trinta anos que mora com os pais ainda? Ah, quem se importa?

— Por quê? — ela insistiu no assunto.

— Não sei. Fiquei muito tempo querendo entender o que eu queria da vida, eu acho.

— E agora sabe?

Ele demorou um pouco para responder.

— Não. — Ele riu. — Mas acho que sei agora, pelo menos.

Pelo menos.

— Acho que você está melhor do que eu.

Os dois riram.

— Como você veio parar no Rio de Janeiro?

Ela suspirou.

— É uma longa história. Não quero falar disso agora.

Para sua sorte, ele não insistiu.

— E o que você gosta de fazer em casa? — ela mudou de assunto, tentando fazer com que o clima entre eles não ficasse morno.

— Gosto de ficar sozinho, sabe? Ouvir música, ler, essas coisas.

Até aquele momento, Teo parecia ser um rapaz desses que não se fazem mais. Solteiro, bonito, gostava de Line e curtia ficar tranquilo na dele, em vez de sair para a balada, como o cretino do ex. Quem se importava se o futuro dos dois fosse incerto?

Naquele momento, Line se deu conta de que não haveria obstáculo grande o suficiente para impedir que eles fossem felizes juntos, se esse fosse o desejo de ambos.

E, pelo menos aparentemente, era.

— Você tem que ir pra Brasília um dia desses.

O coração da jovem deu um pulo no peito, errando um compasso.

— Ir pra Brasília?

— É. Dependendo de quando você for, daqui a um ou dois anos eu já devo ter meu próprio apê.

Ela riu. Um ou dois anos? Ela não esperaria todo esse tempo para voltar a vê-lo. Queria viver aquela história com ele agora, e não queria que terminasse.

— Hum, claro. Por que não? Eu não conheço a capital do país. É um absurdo, né?

— Um absurdo! — ele brincou, fingindo-se escandalizado, e ela lhe deu um empurrão com o ombro, ganhando de volta um abraço apertado.

— Na verdade, você tinha que ir pra lá agora — ele continuou.

— Agora?

— É, dia 24. Vai ter um campeonato massa de skate lá, você ia curtir.

É claro que ia curtir! Um campeonato de skate! Já até vejo minha mãe morrendo de felicidade quando eu der a notícia.

— E você vai participar?

— Vou, sim.

Ah, o tal "dia 24" que ele digitara na mensagem...

— Vai ser no Pistão Sul — ele continuou. — Vai ser massa! Você pode até ficar lá em casa, eu acho. Uma noite só acho que minha mãe não se incomoda...

Line desejou estar com ele naquele dia, acompanhá-lo. Queria ser apresentada a todos os amigos dele como sua namorada, e ficar lá na torcida, gritando o seu nome. Essa mudança de vida parecia algo divertido, e diversão era o que ela precisava nessa etapa da sua vida.

Queria ter dito tudo isso a ele. Queria dizer que iria com ele para onde quer que ele a chamasse, que tudo que ela queria era fechar os olhos e segui-lo, porque na companhia dele Line se sentia segura e amada, e não tinha medo do futuro.

Mas, em vez disso, ela disse:

— Não posso.

Teo encolheu os ombros.

— Eu sei...

Os dois ficaram calados por alguns segundos, talvez minutos, não é possível dizer. O silêncio disse mais do que a coragem de ambos conseguiria: não era possível que eles ficassem juntos agora.

Mas quem sabe num futuro próximo?

Era nisso que Line acreditava. Iria ficar os próximos dias com Teo, no apê dos amigos dele, e depois de amanhã ele iria com ela para o hotel e ficaria lá por uma semana. Depois disso eles já teriam tido tempo suficiente para se conhecer e conversariam sobre como seria o depois.

Agora, ela precisava viver o presente.

— Mas eu vou te visitar, Teo. Em breve.

Teo sorriu, esperançoso, e ela devolveu o sorriso, esperançosa também. Com ele, o agora era o que importava, pois, no fundo, sabia que com ele o "depois" era garantido.

Eles ficariam juntos. Line sabia disso. E não tinha pressa.

Chegaram ao apartamento, mas a porta estava trancada.

— Eles devem ter saído para algum canto. Ou então nem voltaram do almoço ainda.

Teo pegou o celular e digitou uma mensagem. Line ficou pensando no transtorno que era ter quatro pessoas dividindo um apê, com apenas uma chave para todas elas.

A resposta chegou ao celular dele.

— Eles estão numa churrascaria aqui perto. A chave tá lá com eles.

Os dois saíram do prédio e seguiram até a churrascaria, onde encontraram apenas Canutto, que pagava sua conta.

— Onde estão os outros? — ela perguntou.

— Eles foram comprar água. Isso tá sendo um problema bem chato no apê — respondeu ele, cumprimentando os dois com a cabeça e recebendo de volta o troco que o rapaz do caixa lhe estendia.

— Vocês têm que pedir água num distribuidor. Eles vão entregar um galão de vinte litros, vai sair mais barato e mais prático do que ficar comprando garrafa todos os dias. — Os três saíram do restaurante e caminharam na direção do apê.

— E você conhece algum? — Teo perguntou.

— Claro. Temos esse tipo de serviço no hotel. Posso ligar para o nosso fornecedor e eles trazem a água aqui, sem cobrar pela entrega. Sai baratinho.

Os dois amigos sorriram um para o outro. E Line sentiu-se satisfeita consigo mesma, feliz por ajudar.

capítulo 14

Canutto abriu a porta do apê e eles entraram. O rapaz imediatamente ligou o ar-condicionado e praguejou contra o calor carioca. O amigo concordou com ele.

— E pensar que você estava com frio ontem quando chegou... — Line provocou, fazendo menção à atitude dele no ônibus, na manhã anterior.

Os dois gargalharam com a lembrança, e ela riu junto.

— Ah, véi! Tava frio demais naquele ônibus! Mas agora tá quente demais, também.

— Eu falei para você aproveitar enquanto podia...

Ele riu e se aproximou dela, beijando-a nos lábios.

— Tava frio naquele ônibus, mas eu estava mais preocupado com outras coisas...

Ela sorriu em resposta e retribuiu o beijo.

— Ah, vocês dois me dão nos nervos! Vou tomar banho — Canutto resmungou, levando uma almofadada de Teo como resposta.

Quando o outro rapaz se trancou no banheiro, o casal se viu sozinho no apê, finalmente.

Teo conduziu-a pela mão até o quarto, que agora estava abarrotado de coisas pelo chão. Era assim mesmo a disposição de um quarto compartilhado por quatro homens.

Eles se deitaram um de frente para o outro, admirando-se.

— O que você quer fazer hoje? — perguntou ela. Sua resposta, ela sabia, era ficar exatamente ali, fazendo exatamente aquilo: nada, apenas olhar para ele.

— Não sei... — Ele brincava com uma mecha do cabelo dela. — Acho que o pessoal vai querer sair e tal...

— Você quer sair com eles?

— Não... Quero ficar em casa.

Ela também queria, mas se lembrou de que em breve Teo iria para o hotel com ela, e lá eles teriam todo o tempo do mundo para ficar se curtindo à vontade, sem a interferência de ninguém. Enquanto pudessem, seria legal curtir a companhia dos amigos dele, lembrou-se. Afinal, os homens não gostam de garotas que os afastam de seus amigos.

— Ah, eu acho que a gente deveria sair com eles, nem que seja só um pouquinho.

Teo baixou os olhos, deitou-se de costas e a puxou para se aninhar junto dele.

— Vamos ver... Eu não quero, não.

Ficaram assim, curtindo o carinho um do outro, por alguns minutos, até Canutto fazer barulho, indicando que estava saindo do banho, e eles se levantarem apressadamente, como dois adolescentes pegos no flagra.

Line buscou na bolsa um papel e uma caneta, anotou uma coisa e estendeu o papel para Canutto tão logo ele apareceu vestido.

— É o telefone do distribuidor. É só ligar e pedir para entregarem água aqui quando precisarem. Eles têm outras bebidas lá também, se vocês quiserem.

— Ah, obrigado, Line.

— De nada. E tem isso aqui também. — De dentro da bolsa ela tirou uma toalha de rosto e um cinzeiro, os mesmos que pegara mais cedo no armário de descarte, na sala da Raffa. Queria entregar essas coisas para Canutto, para ganhar a aprovação do melhor amigo de Teo, mas queria entregar na frente dele, para que ele também visse o que ela estava fazendo. — Eu vi que vocês estavam precisando de uma coisinha ou outra, então resolvi dar uma mãozinha.

Canutto olhou para aquilo e então olhou para Teo, voltando-se novamente para ela.

— Puxa, obrigado! Não precisava.

— Não me custou nada. E eu sei que de alguma forma isso vai ajudar vocês, então por que não ajudar?

Ele sorriu e colocou as coisas em cima da mesa, agradecendo novamente. Line aproveitou para perguntar:

— E aí, o que vocês vão fazer esta noite? — Por alguma razão ela insistia nesse assunto, talvez porque realmente quisesse que Teo se divertisse com os amigos tanto quanto pudesse antes de ir ficar com ela pela próxima semana. Entretanto, parecia que essa pergunta o aborrecia.

— Não sei. O Pierre mandou uma mensagem agora, dizendo que foi com o Louis para uma galeria de arte em Ipanema e que depois vão para um barzinho por ali. O que vocês acham? Querem ir?

Line olhou para Teo, que desviou o olhar.

— Eu me animo — respondeu ela, de pronto.

— E você, Teo? — perguntou o amigo.

O rapaz foi para a sala, pegou o controle da televisão e ligou o aparelho, não se importando muito com a presença dos outros dois, de pé, na divisória dos dois cômodos. Line aproximou-se dele e se sentou ao seu lado.

— Ah, não sei. Não tô a fim de sair, não.

Canutto sentou-se no banquinho.

— Ah, véi! Na boa! Tu vai ficar em casa hoje?

Line juntou-se aos apelos do amigo.

— É, meu rei. Jura que tu vai ficar em casa no Rio de Janeiro?

Teo passou a mão pela cabeça, procurando o boné que não estava ali.

— Meu jovem, você está longe de casa, com uma gata do lado; tem que sair e aproveitar a noite carioca.

— Ah, eu não quero sair...

— Oxe, que eu não entendo esse negócio de querer ficar em casa, ainda mais com esse calor que faz, ainda mais sendo a primeira vez aqui nesta cidade.

Teo olhou-a de lado e perguntou só para ela:

— Você quer sair mesmo?

Durante dois segundos, ela hesitou e, por fim, disse:

— Quero.

Teo abaixou a cabeça.

— Tá bem, vou me arrumar.

— Pronto! Assim é que se fala! — disse ela, elevando o tom de voz, observando-o se afastar, ao mesmo tempo em que Canutto ia pegar uma cerveja para eles na cozinha.

Teo tinha os ombros caídos, e Line sentiu-se péssima por obrigá-lo a sair quando na verdade nem ele nem ela queriam fazer isso.

Ela só não queria que ele se arrependesse de não ter ficado mais tempo com os amigos quando teve a oportunidade...

Uma hora depois, os três saíam do apartamento, cada um com uma cerveja na mão. Line não gostava de beber, mas, naquela noite em particular, sentia vontade de se soltar um pouco, apenas porque queria se sentir livre de todos os pensamentos que a refreavam constantemente quando estava sóbria.

Canutto levara uma eternidade para se arrumar, ligar para a tal ex-namorada e marcar com ela de se encontrar com eles no bar de

Ipanema. Os dois rapazes estavam usando calça comprida, camiseta e tênis, e Line se sentiu um pouco mal por trajar apenas short e chinelo. Esse era o mal de ficar tanto tempo com eles: ela não sabia o que eles planejavam fazer e tinha a constante sensação de estar sempre com a roupa errada para a ocasião. Mas teria de se conformar com o jeito como estava vestida, pois não havia tempo de voltar ao hotel para se trocar.

Resolveram pegar um ônibus. Os rapazes sozinhos teriam pegado um táxi, porém, como Line estava há mais tempo na cidade, sabia se locomover com facilidade e conhecia bem as linhas de ônibus, pelo menos as que circulavam na zona sul.

Quinze minutos depois, já estavam em Ipanema. Desceram na metade do bairro, para encontrar Pierre e Louis na tal galeria de arte, que se revelou nada mais que uma sala, com literalmente meia dúzia de quadros expostos, um tipo de arte duvidosa para o gosto de Line e Teo.

Era a primeira vez que ela os via, e, quando todos se apresentaram, Line concluiu que simpatizara com eles de cara. Era visível que os dois eram um casal, mas ambos tinham uma energia tão boa e uma sintonia tão legal que era impossível resistir. Aparentemente, eles também a aprovaram, pois em poucos minutos os três engataram uma conversa louca sobre música.

— E então, vamos para o bar? Minha cerveja já terminou faz tempo — disse Canutto, demonstrando certa inquietude.

Line olhou para o celular, que já marcava pouco mais que dez da noite.

— Vocês querem mesmo ir para o bar?

De repente ela se sentiu cansada e com pena de Teo. Ele não queria estar ali, dissera isso com todas as letras, mas Line insistira. Podiam muito bem voltar para casa agora, já tinham dado um rolê e, por mais que os outros reclamassem, com certeza todos iriam superar a ausência deles rapidinho.

— *Nous* podemos ir *parra* a Lapa! — animou-se Louis.

— *Oui!* Lapa! — concordou Pierre.

A Lapa era longe, e ela não estava com vontade de ir até lá.

— Está cedo demais pra ir pra Lapa. — Era verdade, embora essa tivesse sido uma desculpa mal lavada.

— Eu marquei com uns amigos no bar — defendeu Canutto.

— Uns amigos ou a sua ex? — provocou Teo, recebendo do outro um soquinho no ombro.

— Tá *bien*, ficamos em Ipanema, *enton*. — Louis deu-se por vencido.

Line achava o máximo a maneira como eles mesclavam francês e português e ainda assim conseguiam se comunicar perfeitamente.

— Em qual bar você marcou? — indagou ela, curiosa.

— No Batera Roll. Conhece? — Canutto respondeu, checando a informação no celular.

— Conheço, sim. Tem música ao vivo lá de vez em quando — ela comentou.

— É longe daqui? — Pierre interveio.

— Não, não. É pertinho.

— Dá pra ir a pé, então? — era a vez de Teo perguntar.

— Dá, sim. Vamos?

Todos concordaram e seguiram na direção que ela indicava. No caminho, Line puxou Teo para perto e caminhou abraçada a ele.

— A Lapa é um lugar que você deveria conhecer antes de ir embora. Tem muita música ao vivo gratuita, programas para todos os gostos e bolsos. Você ia gostar bastante.

Teo caminhava em silêncio, e então respondeu:

— Eu vou lá um dia. Eu vou voltar para o Rio de Janeiro.

Line sentiu-se feliz por ouvi-lo dizer aquilo, mas não por completo. Ainda se sentia culpada por arrastá-lo para aquele programa quando estava claro que ele não queria estar ali.

— Se você quiser, podemos ir embora... — ela falou baixinho.

Ele a abraçou forte.

— Eu só quero ficar com você.

Ela encostou a cabeça no ombro dele.

— Eu só não queria monopolizar você, Teo. Não queria te afastar dos seus amigos, sabe? Não queria que eles pensassem que eu te sequestrei ou coisa do tipo.

Ele riu e parou na frente dela, segurando os braços de Line atrás de si e levantando seu queixo.

— Eu quero mais é que eles pensem que você me sequestrou mesmo!

Um sorriso sincero brotou no rosto da jovem, refletindo todo o carinho que sentia por aquele rapaz naquele momento.

— Não seja bobo. — Ela lhe deu um beijo. — Depois, quando você for comigo para o hotel, teremos todo o tempo do mundo para nos curtir, ok?

Teo devolveu o beijo com ternura.

— Tudo bem. Agora já estamos aqui mesmo, vamos lá com o pessoal.

— Pronto! Vamos nos divertir um pouco.

Eles apressaram o passo para alcançar os outros três, que já iam adiante no caminho.

Teo e Line eram jovens e nutriam fortes sentimentos um pelo outro. Sabiam que em breve poderiam explorar mais esse sentimento, quando estivessem a sós, então, num acordo não dito, decidiram que naquela noite iriam aproveitar a companhia das outras pessoas do mundo antes de se encerrar num mundo só deles, de onde não iriam querer mais sair.

capítulo 15

O Batera Roll ficava numa das ruas mais famosas de Ipanema, a Maria Quitéria, e o grupo não demorou muito para chegar lá. Tal como Line dissera, havia música ao vivo no local, e no andar de cima já estava rolando uma espécie de reggae, combinando com a camisa de Teo, que tinha as cores vermelha, amarela e verde em listras, contrastando com um bonequinho rastafári.

O bar estava bastante cheio para o horário. A maioria dos clientes era jovem como o grupo, e possivelmente estava ali tomando umas e outras enquanto a próxima balada não começava.

Foi difícil conseguir um lugar para cinco pessoas, e eles se espremeram entre duas mesas, na expectativa de que logo uma delas fosse liberada. Afinal, aguardavam mais pessoas chegarem.

Sentaram-se próximos. Line e Teo ocupavam o mínimo de espaço possível, mantendo-se juntos o tempo todo. Canutto tomou a iniciativa e pediu um balde de cerveja, pois queria comemorar com estilo os bons encontros que a vida proporcionava.

O garçom voltou em seguida, trazendo uma comanda já marcada, e o balde com as três garrafas. Ele as abriu e serviu cinco copos, um para cada um, mesmo que ninguém além de Canutto tivesse manifestado o desejo de tomar cerveja.

Line olhou para Teo, buscando sua opinião. Ela não gostava de beber, mas estava estranhamente animada naquela noite e queria comemorar com os novos amigos. Por outro lado, não queria chateá-lo mais do que já havia feito.

Ele passou a mão pelo cabelo dela e sorriu torto, levantando o copo em sua direção.

— Um brinde às coisas boas que a vida nos traz! — disse Teo, olhando nos olhos dela.

Line levantou seu copo e Canutto gritou:

— Um brinde ao encontro!

Todos gritaram vivas e urras e beberam juntos. Era bom estar entre pessoas queridas.

Teo e Canutto conversavam qualquer coisa sobre o passado deles e Line ficou prestando atenção. Era interessante o sotaque de Brasília. Diferente da Bahia, onde o povo falava mais cantado, e do Rio, onde a fala era mais carregada e, dizia-se, "mais limpa" (os cariocas enchiam-se de orgulho ao dizer que falavam o português mais lapidado de todos, inclusive em comparação com Portugal; Line achava isso uma bobagem sem tamanho e acreditava que eles pensassem assim porque a maioria das novelas era gravada aqui, o que acabava influenciando no modo de falar do país todo).

Todavia, o sotaque de Brasília era algo no qual ela nunca havia pensado antes, e ver os dois conversando, tão entretidos, a fez observar o fenômeno com mais atenção. Talvez por estar exatamente no centro do País, a forma como eles falavam era uma mescla de quase tudo ao redor: parecia bastante com o jeito dos mineiros, por suprimir o "s" e cantar as vogais, mas também parecia um pouco com o baiano, arrastando essas mesmas vogais, ao mesmo tempo em que se assemelhava um pouco com o do interior, provavelmente pela influência dos povoados de Goiás e arredores, e, ainda assim, cheio de gírias, como os cariocas.

Uma mistura de tudo um pouco, era assim que se falava na capital do país.

Como deveria ser.

Enquanto os dois conversavam, ela percebeu que as três garrafas de cerveja haviam acabado rapidamente, e Canutto já fizera sinal para que o garçom trouxesse mais. Eles sozinhos deveriam ter tomado metade delas, ao passo que ela mal dera dois goles.

O garçom trouxe quatro garrafas dessa vez, servindo a todos e marcando a cartela. Line teve o pressentimento de que aquela conta não acabaria bem, mas resolveu não se preocupar com aquilo.

Brindou novamente com todos a nova rodada, e aproveitou para dar um longo beijo em Teo. Estava feliz por estar ali com ele, fazendo algo que todos os jovens faziam. Poderia ficar ali pra sempre, simplesmente sendo feliz.

— Véi, cadê a tua ex? — Teo provocou.

— Não sei. Ela tava na casa de uma *brother* e disse que já tava vindo pra cá.

— Na casa de uma *brother*? — Line repetiu.

— Sim.

— Bom, então, no caso, era na casa de uma *sister* — corrigiu ela, brincando com o pouco inglês que aprendera no hotel.

Canutto riu.

— Nota-se que você não aprendeu nada no cursinho de inglês — Teo brincou, virando mais um copo.

— *Yeah, yeah!* — respondeu o amigo, virando seu copo e servindo a si e ao outro de mais cerveja.

— *Yeah, yeah!* — repetiu Teo.

— Por que vocês *terminarron*? — perguntou Pierre, demonstrando curiosidade.

— Ah, muitas coisas. Esse negócio de namoro não é pra mim, não.

— Que mentira! — indignou-se Teo.

— Ah, véi! Não fala bobagem, não!

— Pelo menos eu tenho uma namorada! E você?

Teo respondeu alto, colocando a mão sobre a perna de Line num gesto possessivo.

Era isso? Eles eram namorados? Ela era namorada dele?

Ao mesmo tempo em que seu coração quase explodia de felicidade, ela teve de segurar as rédeas. Nesse quesito, Line era bastante tradicional e gostava das coisas bem esclarecidas, da forma correta; gostava que o rapaz a pedisse em namoro e que ela tivesse a opção de dizer "sim" ou "não", e, consequentemente, a pedisse em noivado, que eles se casassem e tivessem filhos. As coisas tinham de seguir essa ordem, ou ela ficava confusa.

Só que, com Teo, nada parecia seguir uma ordem preestabelecida.

Ela quis se ater à felicidade daquela frase, mas não conseguiu. Não depois que a dúvida havia invadido sua cabeça. Detestava ser assim, tão insegura, e as coisas só pioraram depois que o bastardo a abandonara.

Ela gostaria de esclarecer esse ponto com ele, mas não era o momento. Estavam felizes, entre amigos, e ele já havia bebido algumas. Não era hora para conversas sérias.

Pierre e Louis se levantaram, alegando que iam fumar lá fora. Line gostava deles, apesar de achá-los bastante parecidos fisicamente, como se fossem irmãos em vez de um casal.

Naquele momento, uma jovem loira se aproximou da mesa, ao lado de um rapaz.

— Oi, Canutto! — Ela o abraçou, cumprimentando-o. Em seguida cumprimentou Teo e se apresentou a Line. — Oi, prazer. Sou a Roberta.

— Oi, tudo bem? — Line respondeu.

— E esse aqui é o Gustavo, meu namorado.

Houve um silêncio constrangedor na mesa. Será que todos ouviram direito?

Noooossa... Que situação!

— Oi, prazer, Gustavo. Me chamo Line — ela se apressou em dizer, tentando disfarçar o clima que ficara na mesa. Rezou para que o rapaz não tivesse reparado que sua presença era indesejada, já que todos os outros na mesa pensavam assim.

— Fala, jovem! Sou o Teo.

Line ficou feliz por ver que ele seguira seu exemplo. Não havia como fingir que aquilo não acontecera, então o melhor que tinham a fazer era tentar contornar aquela saia justa.

Canutto permaneceu calado. Ele estava levando o próprio tempo para processar a informação.

Ao que parecia, Line precisaria conduzir o papo até que o outro pudesse se recuperar.

— Mas me diga, vocês aceitam uma cerveja? — perguntou ela, nervosa, sem saber por onde começar. O recém-chegado casal se entreolhou e assentiu.

Teo se levantou e arranjou mais duas cadeiras, já que os novos amigos haviam ocupado os assentos dos franceses. Line fez sinal para que o garçom trouxesse mais dois copos, e foi prontamente atendida. O homem já estava se afastando da mesa quando Canutto se pronunciou, em alto e bom som:

— Tequila! Alguém quer uma dose de tequila?

Todos na mesa se olharam. Apenas Line percebeu quão nervoso o rapaz se sentia naquela situação. Ele buscava uma saída repentina para aliviar os nervos.

Apenas Line sabia como era estar com o coração partido de maneira abrupta, na frente de pessoas queridas, e ter ainda de continuar sorrindo.

— Claro! — gritou a garota, em uníssono com o namorado.

— *Yeah, yeah!* — Teo brincou com o amigo, arrancando-lhe um sorriso.

Line, declinou. Realmente não gostava de beber, e uns copos de cerveja estavam mais do que suficientes por aquela noite.

O garçom parecia feliz em atendê-los e fez nova marcação na comanda. Cinco minutos depois, voltou com quatro copos de shots e uma garrafa de tequila ouro, junto com um pratinho com porção de sal e fatias de limão, para que todos se servissem à vontade.

Cada um dos quatro outros ocupantes da mesa pegou uma dose e levantou o copo, brindando a qualquer coisa. Já passava da meia-noite. A noitada seria boa.

Os quatro beberam suas doses de uma só vez, cada um com seu ritual de sal e limão. Após beber a sua, Teo virou-se para Line e lhe deu um beijo apaixonado, ao que ela correspondeu com gosto. Se toda vez que ele bebesse tequila ficasse excitado assim, por ela estava ótimo!

Os franceses voltaram e se sentaram à mesa, apresentando-se ao outro casal.

Canutto ainda estava visivelmente nervoso e começava a falar um pouco alto demais.

A cerveja acabara novamente, e ele fez sinal para que o garçom trouxesse mais. Line não tomava conta de ninguém, mas bebia bem menos que todos à mesa, e achava que os outros pareciam passar um pouco da conta.

Ainda assim, ela não falou nada.

— Isso é música ao vivo? — perguntou Pierre.

Todos ficaram em silêncio, tentando ouvir.

— *Parrece* que sim — respondeu Louis.

— Vem do segundo andar, acho — Line comentou.

Tocava um som bom, de uma banda internacional bastante conhecida.

— Véi, tá sabendo quem vai fazer show lá em Brasília em março? — Teo perguntou para o amigo.

— Diga lá, jovem! — pediu Canutto.

— Tua banda favorita!

— Ahhh, mentira!

— Tô falando muito sério!

— Jovem, nós temos que ir nesse show!

Line deu um gole em sua cerveja, esvaziando o copo. Teo percebeu e lhe serviu mais.

— Você tem que ir também — ele disse baixinho.

— Aonde?

— Nesse show, em Brasília. Vai ser lindo! Lá no estádio Nilson Nelson!

Em resposta, ela apenas sorriu.

Ela queria dizer que, com ele, ela iria a qualquer programa, em qualquer canto do mundo. Porque, com ele, ela se sentia disposta e feliz, como todo jovem deve ser.

Mas nada conseguiu dizer.

capítulo 16

Já passava das três da manhã e o grupo ainda estava no bar quando Canutto decidiu pedir uma nova rodada de tequila. Ele e Teo já haviam passado da conta, era claro, e apenas os dois e a ex de Canutto resolveram aceitar a nova dose.

— Tem certeza de que quer tomar mais uma? — Line timidamente perguntou. Não queria recriminá-lo, bancar a garota chata, mas a mesa já tinha consumido mais de trinta garrafas de cerveja, e a maioria tinha sido tomada por ele e por Canutto. Os dois, além de estarem bebendo bastante, ainda misturavam cerveja com tequila.

— Ihh, relaxa... Eu tô de férias, o Canutto tá aqui, você tá aqui... Tá tudo ótimo! — Foi a resposta que ele deu, e ela nada pôde fazer a não ser abaixar a cabeça e aceitar o argumento. Afinal, ele estava mesmo de férias, estava com os amigos e a noite estava agradável.

Line deixou pra lá. Caso ele passasse da conta hoje, não haveria problema. Eles teriam muitos dias pela frente para aproveitar, longe de todas essas influências.

A nova rodada chegou à mesa, com direito a chorinho.

Ótimo!, ela pensou, tendo perdido as contas de quantas vezes Teo se levantara para ir ao banheiro.

Ele e o amigo já falavam alto, mas Teo era mais exagerado. Estava claro que os dois já estavam bem bêbados, mas Line não sabia o que fazer. Claro que ela estava aborrecida com a situação, mas que direito tinha de se sentir assim?

— Ihhh, relaxa — disse ele para alguém na mesa. — Eu tô de férias, o Canutto tá aqui, eu tô com minha namorada...

Por mais que se sentisse abençoada por ouvir esta última parte da declaração do rapaz de quem gostava, seu coração ficava apertado por vê-lo assim. Qual era a necessidade de beber tanto? O cretino do seu ex costumava beber muito e era um desses bêbados chatos, que gritavam, se achavam donos da verdade e se tornavam agressivos. Não foram muitas vezes que ela o vira assim, mas foi o suficiente para que Line desejasse que não se repetissem. Quando aceitara se casar com ele, esperou que a vida a dois o fizesse parar; depois que o casamento não aconteceu, ela esperou nunca mais ter de lidar com homens que bebessem.

E lá estava ela, ao lado de Teo, que segurava seu copo e virava para dentro toda a cerveja.

Como se ouvisse os pensamentos de Line, Teo se virou para ela:

— O mais engraçado é que eu nem bebo!

Aquilo a pegou de surpresa.

— Como é?

— Eu não bebo, Line. Se você me visse em Brasília... Eu tô sempre com a minha garrafinha d'água. O pessoal sai pra beber e eu até vou com eles, mas fico na água, no suco...

— Então por que está bebendo agora?

Aquilo não fazia sentido.

— Sei lá. Eu tô de férias, tô feliz. O Canutto tá aqui...

Era a terceira vez que ele dizia aquilo, mas foi só dessa vez que ela entendeu. Canutto era um espelho para Teo, como um irmão mais velho. O amigo não só emprestava uma grana para ele como lhe dava o apoio masculino, como se agora ele se sentisse seguro. Provavelmente Canutto nem sabia que influenciava tanto o amigo, e a decepção que ele sofrera logo no início da noite pode ter descarrilhado o comportamento dos dois. Perto do amigo, Teo sentia-se seguro, e, junto dele, numa cidade como o Rio de Janeiro, ele parecia invencível.

Line terminou o seu copo e decretou ser aquele o seu último. Não queria mais, não precisava de mais.

— Essa música... — Teo falou baixinho.

Line apurou os ouvidos e reconheceu a canção de Gilberto Gil. Teo cantou junto ao ouvido dela, só para ela:

Drão
O amor da gente é como um grão
Uma semente de ilusão
Tem que morrer pra germinar

Teo buscou a mão dela por debaixo da mesa e a apertou forte.

Drão!
Não pense na separação
Não despedace o coração...

Contra sua vontade, uma lágrima escapou dos olhos de Line e percorreu seu rosto, morrendo no canto direito dos lábios. Aquela música dizia muito do que ela sentia, mas também dizia muito do que não queria sentir.

A verdade era que ela não queria estar sentindo todas aquelas coisas por Teo, e, por mais que ele tivesse decidido ficar mais tempo, a pedido dela, uma hora ele teria de ir embora, e Line não queria que isso acontecesse. Aqueles dois dias ao lado dele tinham sido a melhor coisa que lhe acontecera nos últimos meses, e ela não queria voltar para o tipo de vida que tinha antes.

Sem deixar que Teo percebesse sua tristeza repentina, Line limpou a lágrima rapidamente, com as costas da mão, e virou o rosto para ele, dando-lhe um longo e demorado beijo, cheio de tudo aquilo que seu coração queria gritar para ele, e só para ele, mas que a coragem teimava em roubar.

Line esperou que Teo fosse mais inteligente que ela e conseguisse sentir tudo aquilo que ela não conseguia dizer.

Depois que seus lábios se separaram, Line abriu os olhos, mergulhou no mar negro dos olhos de Teo e soube que era tarde demais para fingir que não queria estar com ele. Era tarde demais para fingir que não gostava dele.

Os dois ficaram ali, se olhando, conversando naquela linguagem que só os olhos dos apaixonados sabem falar.

Os franceses haviam saído para fumar já havia um bom tempo, e o garçom se aproximara para dizer que o bar fecharia dentro de meia hora, perguntando se podia trazer a conta. Como ninguém respondeu, Line fez que sim com a cabeça.

A conta passava dos trezentos reais. Essa seria uma dor de cabeça, com certeza.

Os franceses voltaram, e o grupo ficou ainda uns vinte minutos calculando e recalculando as partes de cada um. Line conseguira dividir quanto cada um tinha de pagar, mas a ex de Canutto ficava se fazendo de desentendida e desconversava sobre sua parte. Depois que todos pagaram e ficou faltando apenas ela, em determinado momento Teo se aborreceu com aquele rolo de contas, puxou a última nota de cinquenta reais que tinha na carteira e gritou que pagava o resto.

O garçom já estava recolhendo tudo, mas Line o impediu, dizendo que não. Ela pegou o dinheiro de Teo de volta e o mandou guardar. Não era justo que ele pagasse pela garota dissimulada do outro lado da mesa, quando ela mesma, Line, não deixava que ele pagasse a sua parte na conta. Se Teo precisasse, Line pagaria a parte dele com muito prazer, mas não ia deixar que se aproveitassem do garoto de quem gostava.

Ela o protegeria, assim como os interesses dele, com unhas e dentes.

Line respirou fundo, usou seu melhor sorriso e fez a garota entender que ela tinha de pagar sua própria parte. Depois que conseguiu convencê-la, Line decidiu que, para ela, aquela noite já tinha dado tudo o que tinha para dar. Já era tarde, tinha gastado mais do que devia e agora Teo estava bêbado.

Ela queria ir embora.

Todos se levantaram, menos a outra garota e seu namorado. Line seguiu com os amigos para o lado de fora e ficou conversando com os franceses, enquanto eles fumavam um cigarro. Ela aguardou uns cinco minutos, achando que Teo havia ido ao banheiro, mas, ao perceber que ele não voltava, resolveu perguntar aos demais.

— Ele ficou na mesa, falando lá com a *garrote* — disse Pierre.

Aquilo não podia ser verdade. Era demais para ela.

Line queria ir embora, e iria com ou sem ele. Teo era adulto e sabia se cuidar sozinho, não precisava dela para voltar para casa, nem ela tinha paciência para ficar cuidando de marmanjo bêbado.

Ela se despediu dos três rapazes do lado de fora e estava mesmo decidida a ir embora sem falar com Teo, mas repensou, achando que aquilo seria uma grosseria desnecessária. O mínimo que poderia fazer era deixar que ele percebesse que ela estava chateada e que estava indo embora, e ele que decidisse se ficaria ou iria com ela.

Decidida, entrou de volta no bar e o encontrou falando com a garota, dizendo qualquer coisa em que, honestamente, ela não estava nem um pouco interessada.

— Teo, estou indo embora — Line anunciou, ao se aproximar dele.

Os movimentos dele estavam lentos. Ele demorou a reagir, voltou-se para ela e disse:

— Só um segundo. — Levantou o dedo, indicando o número um, mas ela já tinha visto e ouvido o suficiente.

Line deu as costas e saiu do bar, chateadíssima com o final daquela noite, mas mais chateada ainda por ter de ir embora sozinha, deixando o rapaz de quem gostava para trás, para seu próprio bem.

Ela parou na esquina, sem saber o que fazer. Queria levantar o braço e fazer sinal para o primeiro táxi que aparecesse, mas simplesmente não conseguia. Seu coração chorava por deixar Teo para trás, mas ela tinha um mínimo de dignidade que a impedia de seguir naquela situação.

Podia não ser a garota mais gostosa do universo, nem a mais bonita, a mais legal ou a mais desejada. Não. Ela conhecia seus defeitos e sabia que muitos deles haviam se acentuado depois que fora abandonada, mas, acima de tudo, sabia que era uma boa pessoa, tinha um bom coração, e achava que merecia um pouco mais do que ser abandonada no altar ou ter de ficar cuidando de adultos que não sabem seus limites para a bebida.

Naquela madrugada, naquela esquina em Ipanema, Line sentiu-se a garota mais solitária do mundo.

Porque no fundo, bem lá no fundo, o que ela queria era que Teo viesse atrás dela.

E não a deixasse ir embora.

Line abriu a carteira e verificou que tinha a quantia exata para um táxi, talvez nem isso. Talvez até tivesse de chorar pela boa vontade do taxista.

Ou então ela podia pegar um ônibus, e economizar essa grana.

Enquanto se decidia, diversos táxis passaram por ela, alguns buzinando, outros piscando os faróis. Sem querer admitir, ela estava dando um tempo para ver se ele vinha, mas tinha medo de olhar para trás e se decepcionar.

Por fim, tomou a decisão: precisava ir embora.

Antes de fazer sinal para o táxi, ela olhou para trás.

E o viu.

Teo vinha atrás dela.

Seria um momento épico, desses de cinema, se o jovem em questão não estivesse torto, tentando se equilibrar nas próprias pernas.

Line respirou fundo.

Que situação...

Ela voltou a se virar e quase, mas por muito pouco mesmo, não fez sinal para o táxi que se aproximava. Teo estava, literalmente, caindo de bêbado, mas tinha ido atrás dela, não tinha? E não era isso que ela queria?

Line quis ir embora, mas não conseguiu. O sentimento que começava a nutrir por Teo era forte demais para deixá-lo do jeito que estava, sabendo que, mesmo com dificuldade, trôpego, ele fora encontrá-la.

Então, ela apenas disfarçou e esperou que Teo a alcançasse.

— Line, por favor...

Ela virou o rosto para ele.

— Não vai embora, Line.

Ela soltou um suspiro, cansada.

— Teo, eu estou cansada, quero ir embora.

— Eu sei, mas não vai assim. Vem comigo, por favor.

Line queria, mas não queria. Seu orgulho dizia para se manter firme e ir embora. Antes só do que mal acompanhada. Seu coração, por outro lado, pedia que ela o ouvisse, afinal, aquele era um momento de fraqueza, mas quantos momentos de carinho ele havia demonstrado antes?

Ele se aproximou e brincou com os cabelos dela, delicadamente.

Quem se importava com o orgulho quando ele era o único obstáculo que a impedia de ser feliz?

Seu corpo se aproximou do dele sem que ela se desse conta, e os dois se abraçaram em silêncio. Com aquele gesto, Line o perdoava por sua fraqueza e demonstrava que estaria do lado dele mesmo nesses momentos, fosse quando fosse, quando ele precisasse dela.

Pelo menos esperou que ele entendesse assim.

Ela se deixou levar por Teo, de volta para a porta do bar. Sabia que teria de encarar os olhares curiosos dos amigos dele, mas decidiu que não se importaria com o que pensassem. Ela gastava muita energia ao tentar fazer com que os amigos dele gostassem dela, quando, no final das contas, tudo que importava era que *ele* gostasse dela, nada mais.

Line acompanhou Teo de volta para o bar, escorando-o para que ele se mantivesse ereto, achando graça, por fim, da situação ridícula em que se encontrava.

capítulo 17

Os rapazes de fato olharam para ela, e Line pôde sentir as perguntas cravarem em suas costas. Limitou-se a dizer um "oi" para eles e ficar com Teo, que, desde que voltara para junto dos amigos, não desgrudara mais dela.

Como o bar já fechava as portas, o grupo decidiu cruzar a rua e ficar no bar em frente, que ainda estava aberto e bem movimentado. Canutto rapidamente engatou uma conversa com duas garotas, que haviam pedido o isqueiro de Louis emprestado.

Line e Teo ficaram ali por perto, sem exatamente participar da conversa.

— Você não sabe ainda, Line, mas eu gosto de você mais do que você imagina.

A declaração a pegou de surpresa.

— Como é?

Teo abraçava-a com o braço esquerdo, e se virou para ela, brincando com seu cabelo.

— Eu sei, eu sei. Meu cabelo está crescendo todo desgovernado — desconversou ela, nervosa.

Por que eu tenho que ser assim? Por que eu sempre desconverso ou faço piadas quando me sinto nervosa?

— Gosto do seu cabelo assim.

Ela sorriu e o abraçou forte. Por alguma razão ela o amava mais agora, quando ele estava frágil e vulnerável, do que minutos antes, quando estava chateada com ele.

Espere um momento! Ela o amava?

Eu o amo?

— Você acha que eu não percebo o que você faz, mas eu percebo, sim.

Line levantou uma sobrancelha, duvidando.

— Eu percebo tudo o que você faz. Posso não dizer nada, mas tô vendo tudo.

Ela não fazia a menor ideia do que ele estava falando.

— Eu vi quando você perguntou o que poderia trazer para ajudar a gente no apê. Você pensa que eu não vi, mas eu vi.

Ela abaixou a cabeça, envergonhada.

— Você é uma boa garota, Eveline. E eu percebo cada coisa que você faz por mim.

Line levantou os olhos, para encontrar os dele cravados nela. Estivesse bêbado ou não, ela sabia que Teo estava sendo sincero.

— Você está me fazendo ficar mais tempo do que eu deveria, e meus pais estão putos da vida comigo!

Ela riu.

— Desculpe?

Teo a beijou com carinho.

— Vem, a gente precisa conversar.

Line não queria conversar. Não estava pronta para conversas sérias com Teo. Não agora, não amanhã, não na semana que vem. Não queria nunca ter uma conversa séria com ele, pois isso significaria deixarem de ser leves e levarem a vida com o peso da realidade.

E não era realidade o que ela queria com ele. Queria apenas sonhar, sonhar o quanto pudesse, até que os dois não tivessem mais um prazo para se separar. Só então, e somente então, ela teria conversas sérias com ele.

Teo avisou a Canutto que iria com Line ali perto e já voltaria, e o amigo apenas acenou com a cabeça. Ele a levou pela mão até o outro lado da rua, encostando-se na parte de trás de uma banca de jornal e puxando o corpo de Line para sua frente, abraçando sua cintura.

— Eu preciso falar uma coisa com você.

Ai, não! Ai, não, ai, não, ai, não, ai, não!! Mil vezes não, por favor, Deus, não!

Era incrível como uma simples frase pode desencadear uma série de possibilidades na cabeça de uma garota. No caso de Line, então, as possibilidades eram multiplicadas pela insegurança e potencializadas pelo medo, abrindo um leque tão infinito que ela nem conseguia ter certeza de qual seria a pior opção.

Ele vai terminar comigo.

Vai dizer para eu não me iludir.

Vai falar que eu sou legal e tudo mais, mas que já chega.

Vai dizer que não tem paciência para uma garota paranoica como eu.

Vai falar que não acredita em relacionamento a distância, mesmo que por pouco tempo.

Vai dizer que eu sou uma chata que fica controlando o quanto ele bebe, e que mãe ele já tem uma. Ah, Deus, se for isso, juro que o deixo beber até ser internado da próxima vez!

— Você é casado.

Dentre todas as milhares de centenas de opções que vagaram por sua cabeça nos milésimos de segundo que se passaram depois de Teo haver se pronunciado, essa foi a primeira coisa que escapou dos lábios de Line.

De verdade, ela não acreditava naquilo. Mas Teo estava sendo tão cerimonioso que só restavam a ela as opções mais graves.

Se Teo fosse casado, ela mesma terminaria com ele ali, naquele momento. Doeria, ela sentiria muita falta dele, mas seria forte e superaria numa boa. Jamais se meteria com um cara casado, jamais! Se essa fosse a situação, diria adeus para ele ali mesmo e iria embora de cabeça erguida. Suas paixões tinham limite, e homens casados eram zona proibida para ela.

Para seu alívio, Teo riu.

— Hahahaha, não, Line. Eu não sou casado.

Ufa!

— E nem tenho namorada.

É, bom, isso faz sentido. Que tipo de marido ou namorado mete o pé e vai passar o Natal e o Ano-Novo longe da mulher amada por vontade própria?

Teo abraçou-a com carinho e beijou seus cabelos.

Bom, ele também não é gay, não é brocha, é saudável...

O que quer que ele quisesse dizer, nada seria tão grave quanto as opções já descartadas.

— Eu vou embora na terça-feira.

Por essa Line não esperava.

Ela ainda tinha um sorriso no rosto, divertido resquício de seu próprio comentário anterior. Ouvir aquele prazo fez seu coração afundar. Ela achava que teria mais tempo com ele. Era madrugada de sexta para sábado, e agora ela teria menos dias para aproveitar a companhia de Teo.

Line não conseguiu disfarçar a tristeza, mas tinha de ser forte. Aquele não era o fim do mundo, e Teo dava todos os indícios de que queria ficar com ela mesmo depois de ir embora.

— Tudo bem. — Sua voz saiu fraca quando ela se virou, sem coragem de encará-lo. Teo levou a mão ao rosto dela e o virou para si.

— Eu tenho que ir, Line. Não tenho mais dinheiro pra ficar, já estou devendo mais de duzentos reais pro Canutto e vou ter que pedir grana emprestada pra minha mãe!

Ela compreendia, claro.

Mas isso não tornava as coisas mais fáceis.

— Eu te empresto — disse ela.

Teo riu e encostou a cabeça na parede da banca.

— E o meu orgulho, onde fica?

Aquilo era demais.

— E quem se importa com orgulho, Teo? O importante é você ficar, aproveitar ao máximo o seu tempo aqui. Se é de dinheiro que você precisa pra ficar mais tempo, me deixe ajudar. Lá pra frente, num outro momento, você me devolve, sei lá.

Ele falava as coisas sem pensar nem pesar. Simplesmente queria oferecer a ele aquilo de que precisava. Line não era rica nem tinha tanto dinheiro assim, mas, por ele, estava disposta a gastar o pouco que economizara apenas para que ele ficasse mais uns dias com ela. Tinha certeza de que eventualmente ele arranjaria uma forma de lhe devolver, em algum momento no futuro. Isso não importava.

Porque Line encarava o dinheiro como um meio para tornar as pessoas felizes, e não como uma dor de cabeça. E, naquela noite, o que a faria feliz era tê-lo com ela por mais alguns dias. Se era necessário dinheiro para que isso acontecesse, e se ela tinha essa grana, por que não oferecer?

Ela só queria ser feliz.

— Line, não é assim. Você é linda e eu falava sério quando disse que gostava de você mais do que você imaginava, e essa é apenas mais uma das provas do que estou falando. Mas eu preciso ir embora na terça.

Ele tinha razão e ela sabia disso, por mais que não quisesse admitir.

— Tudo bem — disse ela, por fim, resignada.

Eram apenas alguns dias a menos. Eles ainda teriam quatro dias inteiros pela frente. No domingo Teo iria para o hotel com ela e os dois passariam os últimos dias juntos, se curtindo, fazendo programas tranquilos e românticos. E teriam tempo para conversar sobre como fariam quando ele fosse embora, e combinar quando se reencontrariam novamente.

Não era o fim do mundo.

Line afastou a tristeza e sorriu para seu amado.

— Tudo bem, Teo. Eu entendo. Foi bom a gente ter saído hoje, apesar de tudo.

Ele a encarou, desconfiado.

— É bom você passar um tempo com seus amigos, porque, depois que você for comigo pro hotel, não vou deixá-lo sair mais!

O jovem divertiu-se com o que ouviu e a abraçou mais perto de si.

— Tô brincando — ela continuou. — Um dia ou outro a gente marca algum programa com eles, só para não pensarem que eu te sequestrei.

O rapaz ainda ria do comentário.

— Quero mais é que eles pensem que você me sequestrou!

Aquela ideia era meiga demais, e ela se sentiu inundada de felicidade.

Ele o sequestraria facilmente, e jamais o deixaria ir embora. Não era preciso pedir duas vezes, por mais que ele estivesse só brincando.

Mas Line sabia que não deveria afastá-lo dos amigos, e, durante a semana que passariam juntos, daria um jeito de eles se encontrarem ao menos uma vez, só para que os outros soubessem que Teo estava bem, estava sendo bem cuidado. Era importante que os outros confiassem nela também.

Todo o sentimento ruim que a invadira momentos antes já se dissipara. Agora seu peito estava repleto de carinho e ternura por aquele jovem que a abraçava.

Ela não queria mais ficar ali. Queria estar perto dele e só com ele.

— Vamos embora agora?

Teo passou a mão pelo rosto dela e pousou um terno beijo em seus lábios.

— Vamos para casa.

Casa.

Ela queria mesmo que os dois fossem para casa, uma casa só deles, sem amigos e agregados, onde eles pudessem dormir até tarde no dia seguinte e acordar nus e abraçados, como todo casal.

Mas aquela não era a realidade deles.

Ainda.

capítulo 18

Despediram-se dos outros, que queriam ficar mais um tempo lá, sabe Deus fazendo o quê, já que eram quatro e meia da manhã.

Na companhia de Teo, Line decidiu que não precisava de um táxi, afinal, por mais que ele não estivesse em condições de defendê-la caso alguma coisa acontecesse, ao menos estava ali com ela, e isso ajudava a afastar possíveis ladrões.

Mas ela teria de levá-lo para a casa dele, isso era fato. Por mais que Teo tivesse balbuciado qualquer coisa sobre deixá-la no hotel, não havia possibilidade de ela deixar isso acontecer. Como ele faria para voltar para a própria casa depois? Bêbado, sozinho numa cidade que mal conhecia, sem dinheiro e, provavelmente, sem nem mesmo saber de cor o endereço do apê?

Ela iria cuidar dele, deixá-lo em segurança em casa.

Pela primeira vez naquela noite, esse pensamento não a desagradou.

Caminharam juntos até o ponto de ônibus, e ela fez sinal para o primeiro que apareceu. Subiu na frente, seguida por Teo, mas ela se enrolou ao procurar o dinheiro para a passagem, então Teo se ofereceu pagar a dela. Line permitiu, afinal para ele era pouca coisa e não faria grande diferença.

O trajeto de volta para Copacabana foi curta, não só porque a distância não era grande, mas também porque àquela hora da madrugada os motoristas de ônibus no Rio de Janeiro correm como se estivessem numa pista de Fórmula 1. Em doze minutos os dois desceram no ponto certo.

O estômago de Line reclamava por comida. Fazia quase doze horas que comera pela última vez, e ela sentia que precisava se alimentar urgentemente; Teo também. Ela não queria comer das coisas que os rapazes haviam comprado para o apê, afinal não estava hospedada lá nem tinha colaborado para essas compras; não era certo que usufruísse mais do que já usufruía. Até pensou em comprar alguma coisa para fazer lá, mas desistiu imediatamente ao se lembrar do horário.

A fome era grande, e um simples pão com queijo não resolveria. Line mencionou isso para Teo, que concordou com a cabeça, confessando estar com fome também.

Os dois atravessaram a rua e pararam numa lanchonete que Line sabia que ficava aberta vinte e quatro horas. Ao conferirem as opções, Line percebeu que só havia pizza, e não era isso que ela queria e precisava comer. Ela agradeceu a atenção da atendente e arrastou Teo de volta para o outro lado da rua, onde outra lanchonete estava aberta.

Esta aqui não é muito melhor que a outra, mas pelo menos posso conseguir algo feito na hora.

O casal se aproximou do cardápio, colocado na parte superior da loja, mas eram tantas as opções que os dois ficaram confusos, sem saber o que pedir.

— Eu não tô conseguindo nem ler direito sem meus óculos! — reclamou Teo.

Line suspirou. Teria de pedir por ele.

— Vem cá.

Ela o puxou pela mão e o colocou sentado a uma mesinha do lado de fora da lanchonete. Era melhor que ficasse ali quietinho, sentadinho, dando menos pinta de estar bêbado. Antes de deixá-lo, ela passou a mão em seu rosto, num gesto de carinho.

— O que você quer comer? — perguntou ela.

— Não sei... — Ele realmente parecia uma criança agora.

— Vamos lá, me ajude pelo menos. Você acha que um sanduíche tá bom?

— Tá bom — ele repetiu.

— De quê? Carne? Presunto? Frango?

Teo levou alguns segundos para responder.

— Frango.

— Tá certo. Eu já volto, gatinho.

Line deu um beijo suave na testa dele e o deixou à mesa. Em seguida, voltou para dentro da lanchonete e fez os pedidos. Ela gostava de alimentos simples, sem molhos, sem elaborações, então pediu um sanduíche de pão com filé de frango para si mesma. Já para Teo ela pensou melhor: pelo estado em que estava e por estar magrinho demais (e, bom, por ser homem também, e, consequentemente, comer mais do que uma mulher), ela pediu um sanduíche completo, com tudo a que tinha direito: pão, frango, alface, tomate, ovo e queijo.

Ela acrescentou ao pedido um copo de refresco de maracujá e foi se sentar junto a Teo enquanto os sandubas eram preparados.

— Você está bem? — perguntou Line com cautela. Ela sabia que toda pessoa que bebe demais detesta esse tipo de pergunta.

Teo riu com desdém.

— O mais engraçado disso tudo é que eu nem bebo... — comentou ele.

— Então por que você bebeu? — Ela não conseguia entender. Quer dizer, ela também não bebia, mas bebera naquela noite. Só que ela tomara apenas alguns copos de cerveja, só para descontrair, para se esquecer um pouco de si mesma.

— Eu não sei...

Os dois ficaram em silêncio por um minuto inteiro.

— Eu tô de férias no Rio de Janeiro. O Canutto tá aqui, você tá aqui comigo...

— É, você já disse isso...

Line não conseguia disfarçar a tristeza por vê-lo naquele estado. Não que ela fosse um ser superior que não fraqueja e tudo mais. Ela entendia que de vez em quando as pessoas extrapolam. Mas, pelos argumentos que ele apresentava, do ponto de vista dela eram essas justamente as razões pelas quais ele deveria estar feliz e não precisar beber.

Além do mais, Line já nutria sentimentos fortes por Teo, e vê-lo naquele estado vulnerável partia o seu coração.

— Ainda bem que você está aqui comigo...

Teo a abraçou, e Line se deixou aconchegar.

Ainda bem que você está aqui comigo, pensou ela também.

O que teria acontecido se ela não estivesse ali? Será que os amigos dele o teriam largado sozinho para voltar para casa? Será que se preocupariam em alimentá-lo antes que ele fosse dormir, para que a ressaca no dia seguinte não fosse pior? Se certificariam de que ele chegaria são e salvo em casa, já que estava numa cidade diferente?

O barulho de uma campainha a despertou de suas divagações. A atendente avisava que os dois sanduíches estavam prontos.

— Eu já volto — ela disse a Teo, e se afastou dele para buscar o pedido. Aquele breve segundo em que se separou dos braços dele a fez se sentir vazia.

Ela começava a perceber que sentia falta do toque dele toda vez que ele não estava por perto.

E, não pela última vez, seu coração teve medo.

Line voltou com os dois pratos e colocou um deles à frente de Teo.

— Pedi o seu com tudo o que tinha direito. Achei que você precisava. — Ela riu, tentando descontrair o clima.

Teo pegou o guardanapo e segurou a primeira metade do sanduba, dando uma mordida generosa nele.

— Está ótimo!

Comeram em silêncio, devagar, saboreando a comida e sentindo as células do corpo serem abastecidas.

— Line... Obrigado.

Ela parou o sanduíche no ar e colocou de volta no prato a última porção.

Seus olhos indagavam do rapaz o motivo daquilo.

— Obrigado por estar cuidando de mim. Você é uma garota incrível.

Line sentiu os olhos se encherem d'água e o peito, de compaixão.

Olhou para aquele rapaz sentado ao seu lado, comendo seu sanduíche, obedecendo ao que ela pedira. Um jovem que, como ela, também tentava entender o que fazer com a própria vida. Cheio de sonhos, ilusões, frustrações, esperanças e medos. Ele estava ali, vulnerável, nas suas mãos. Se ela fosse uma pessoa de má-fé, poderia literalmente fazer o que quisesse com ele, pois Teo não estava em condições de reagir.

Line se deu conta, naquele momento, do tamanho de sua responsabilidade. A vida de Teo estava em suas mãos. Se algo lhe acontecesse, a família dele jamais saberia o que houve. Se o largasse ali, mesmo na esquina de casa, era capaz de ele ficar no mesmo lugar, sem se mexer, pois não saberia que estava na esquina do apartamento.

— Sabe, esta noite eu pensei em dormir na praia...

Aquilo a pegou de surpresa.

— Como é?

Teo engoliu o último pedaço do sanduíche.

— Esta noite eu pensei em dormir na praia. Ficar com o pessoal até tarde e ir dormir na praia. Pra não pagar diária, você sabe...

Ela não podia acreditar no que estava ouvindo.

— Você tá maluco?

Teo riu, não de deboche, mas de si mesmo.

— Eu sei. Não é uma boa ideia.

— Não, não é mesmo! Tem noção do que poderia lhe acontecer lá?

Ele riu mais ainda.

— Acho que o melhor que poderia acontecer era eu ser assaltado...

Line concordou com a cabeça.

— Mas acho que nem isso ia acontecer, porque os caras iam abrir minha carteira e ver que não tem nada nela...

Aquilo era um absurdo sem tamanho.

— Teo, você acha mesmo que eu ia te deixar dormir na praia?

O coração de Line se desesperou com aquela possibilidade. Ela sabia que os garotos tendem a ser malucos e imprudentes, mas achava que todos eles tinham um mínimo de juízo na cabeça. Tudo bem que àquela hora, se ele fosse dormir na praia, nada aconteceria, provavelmente. Afinal, dentro de pouco tempo já iria amanhecer e os primeiros banhistas e esportistas despontariam no horizonte junto com o sol. Mas e se ele tivesse ido durante a noite? Ainda mais no estado em que estava! Assalto seria o menor dos problemas!

Cadê os amigos dele numa hora dessas? Será que eles o deixariam ficar assim, jogado à própria sorte? Será que a amizade não falava mais alto nessas horas? Ele iria mesmo dormir ao relento só por não ter mais grana para pagar o apê?

Line jamais deixaria que isso acontecesse, fosse quem fosse. Se precisasse levá-lo para o próprio quarto no meio da noite, naquele momento mesmo, ela o levaria. No dia seguinte buscaria uma forma de explicar a situação à Raffa e, se ela não entendesse, iria embora no mesmo dia.

Uma pessoa que não entende esse tipo de compaixão por outro ser humano não é o tipo de pessoa com quem Line queria se relacionar.

— Teo, eu jamais deixaria você fazer isso. Entendeu?

A expressão dela era séria enquanto falava, olhando-o direto nos olhos. Teo envergonhou-se e abaixou a cabeça.

— Eu sei... — murmurou ele.

— Não, você não sabe. Acha mesmo que eu ia te deixar largado assim? À própria sorte?

Teo inclinou a cabeça e se aproximou dela.

— Line, eu não tenho mais dinheiro... — ele ainda murmurava, como se não quisesse que todos soubessem da situação em que se encontrava.

— Sim, eu sei! Mas dá-se um jeito, Teo! Na rua é que você não poderia ficar!

Ele segurou o rosto dela com ambas as mãos e a beijou com ardor.

— É por isso que eu gosto de você, Line. Você é uma garota incrível!

Um turbilhão de sentimentos a invadia. Estava revoltada por ele cogitar a possibilidade de dormir na rua. Estava revoltada com os amigos dele, que aparentemente deixariam que aquilo acontecesse. Estava revoltada com tudo o que acontecera naquela noite, tão cheia de altos e baixos.

No entanto, estava inundada por um sentimento novo, e não sabia que nome dar a ele. Era diferente do que sentira pelo cretino — com ele a coisa era mais concreta, segura, tanto que não deu em nada no final. Com Teo os sentimentos eram uma montanha-russa, e ela tinha até medo de chamar aquilo de sentimento.

Quis dizer a ele que, se ele precisasse, ela emprestaria toda a grana necessária, que ela não se importava. Dinheiro se recupera; momentos, não. Quis dizer que ele ficasse tranquilo, que dali a um dia ele se mudaria com ela para o hotel e ela cuidaria dele lá, que não haveria mais preocupações. Que ele poderia beber o quanto quisesse, que ela estaria sempre lá para cuidar dele.

— Mal posso esperar pelo domingo, para ir embora contigo — sussurrou ele, e ela abriu um sorriso, pois era exatamente o que ela desejava.

— Vem, vamos embora — disse ela, por fim.

Os dois se levantaram e Line foi ao caixa pagar a conta, voltando com um bombom para ele. Os dois dividiram o chocolate como verdadeiros namorados, mordendo o doce ao mesmo tempo, cada um ficando com uma metade.

Passava um pouco das cinco da manhã, e Teo e Line caminhavam de mãos dadas pelas ruas de Copacabana como se o mundo pertencesse a eles.

capítulo 19

A porta do apartamento estava aberta, e o casal passou por ela sem fazer barulho. Do lado de dentro, tudo era silêncio.

Os dois tiveram a impressão de que todo mundo já estava em casa e dormindo, então entraram com cuidado e de imediato tiveram uma surpresa: no sofá dormiam a ex de Canutto e o atual namorado dela. Como eles haviam ido parar lá?

Andaram mais um pouco e, no quarto, uma das camas estava ocupada por Pierre e Louis; na outra estava Canutto, esparramado. Ele costumava dividir a cama com Teo, e, embora fosse uma cama de casal, estava óbvio que não havia espaço suficiente para todos.

Droga!

Line não percebera que tinham demorado tanto tempo assim na lanchonete.

Teo tirou os sapatos e pediu que ela tirasse os seus. Parou na cozinha, acendendo a luz e procurando qualquer coisa que ela não sabia o que era. Não achou, mas se voltou para Line:

— Lembra a música que ouvimos lá no bar?

Ela assentiu. Não sabia o nome, mas se lembrava muito bem de ouvi-lo cantando em seu ouvido.

— Pois é, o Gilberto Gil vai tocar lá em Brasília em março, junto com umas bandas nacionais.

Line apenas o encarava. Achava que sabia o que viria a seguir.

— Você iria gostar do festival. É perto da minha casa até. Só seguir reto na rua que a gente chega lá.

— Aham.

— Por que você não vai? Se você for, eu vou contigo. A gente vai junto e fica junto lá.

Seu coração deu um salto até a garganta.

— Eu? Em Brasília?

Não era isso que ela queria ouvir?

— É! O show é só em março, mas o tempo passa rápido, menos de dois meses.

Receosa, ela apenas disse:

— Por que você não fica direto até o Carnaval? A gente arranja um bico pra você no hotel e...

— É mais fácil eu voltar pra Brasília, trabalhar o mês inteiro lá e voltar no final de fevereiro, do que ficar aqui direto.

Ela concordou com a cabeça. Era claro que ele tinha a vida dele por lá, não podia simplesmente largar tudo e ficar três meses no Rio.

— Mas o que você me diz? Esse show vai ser massa, a céu aberto... Começa de dia e vai até a noite. Eu posso te levar para conhecer os arredores e tal...

Line sentiu-se inquieta. Aquilo era tudo que ela queria ouvir, queria se jogar naquela aventura com ele naquele exato momento. Queria dizer que não precisavam esperar mais nada, que, se ele ia voltar para Brasília, ela iria com ele, e que, mesmo que no início as coisas fossem um pouco difíceis, eles dariam um jeito, ela daria um jeito, e em pouco tempo tudo se acertaria e eles poderiam se curtir.

Mas então se lembrou da proposta do cruzeiro, e do projeto que traçara para si mesma.

Ao contrário do berros que seu coração dava dentro do peito, o que Line disse foi:

— Eu vou embora em março.

Ela virou o rosto e o abraçou contra a pia, sem dizer mais nada. Depois do que pareceu uma eternidade, ouviu-o perguntar:

— Para o exterior?

Line apenas balançou a cabeça, assentindo, e nada mais disse.

Ficaram assim, abraçados, deixando seus corações se comunicarem, durante um bom tempo, sem se importar com mais nada. Aos poucos, Teo desfez o abraço, deu um beijo na mão de Line e a conduziu até a cama. Deitou-se no meio do colchão, e, protetoramente, colocou Line na ponta, sem contato com Canutto, que dormia na outra extremidade.

Definitivamente aquela não era uma situação confortável. Mesmo que não tivesse acontecido tudo o que acontecera naquela noite, ainda assim ela não se sentia bem em estar na mesma cama que o amigo dele. Mal conseguia se mexer, e, se adormecesse ali, provavelmente ficaria na mesma posição até acordar.

Por outro lado, não queria ir embora. Queria ficar com Teo, cuidar dele, aproveitar cada minuto a seu lado.

Teo se aproximou dela e começou a beijá-la.

Ela também queria aquilo, queria muito. Desde a noite anterior, quando não terminaram o que haviam começado.

Line colocou os pensamentos de lado e resolveu aproveitar o momento, apenas o momento.

Beijou Teo como se não houvesse amanhã e sentiu o reflexo disso despontar pouco abaixo da cintura dele. Ela o queria, e muito.

Deslizou as mãos por debaixo da camisa dele e o ajudou a tirá-la. Ele gemia. Um pouco mais alto do que deveria, mas Line não se importou.

Ela se virou de lado, de costas para ele, e sentiu o volume nas calças dele pressionar suas costas. Ele beijou sua orelha e seu pescoço, e as mãos dele buscaram seus seios. Line arquejava, lutando contra todos os pensamentos que teimavam em visitá-la, tentando ao máximo apenas viver todas as sensações que as mãos de Teo lhe proporcionavam.

— Você sabe que se a gente transar aqui ninguém nem vai reparar, né?

Line riu baixinho com o comentário dele. Na verdade, ela achava, sim, que alguém ia reparar. Por mais silenciosos que tentassem ser, dificilmente não acordariam alguém, principalmente o Canutto, que estava ali a meio metro de distância, na mesma cama.

Por mais que quisesse, e muito, seguir adiante, ela não sabia se conseguiria ir até o fim. Achava que era desrespeito com os outros fazer aquilo ali, na frente deles, do lado deles, enquanto dormiam. E se alguém acordasse e os pegasse no meio do ato? Como iriam reagir? Será que ele faria um escândalo ou voltaria a dormir, fingindo não ver nem ouvir nada? E ela mesma, como reagiria?

Line sabia que não conseguiria. Não era tão liberal a ponto de fazer sexo na frente das pessoas e não se importar com isso.

Talvez fosse uma tola por pensar assim, mas, infelizmente para ela mesma, não conseguia ser de outra forma.

De repente, Teo parou.

— Ai, caralho...

Line achou que fosse apenas uma interjeição de prazer, e se virou de frente para ele a fim de continuar as carícias. Não precisavam transar efetivamente, mas podiam brincar, se tocar, dar um pouco de prazer um pro outro. Não tinha nada de mais nisso, certo?

Mas, quando se virou para ele, Teo estava deitado com as costas no colchão. Um braço estava debaixo dela, o outro cobria os olhos.

— Tá tudo rodando...

Era a deixa. Estava claro que, depois de beber muito, agora ele começava a passar mal.

Nada aconteceria naquela noite.

De novo.

— Ai, caralho...

Line suspirou fundo. Era difícil para ela admitir que, uma vez mais, naquela noite ela não teria o sexo que tanto desejava com Teo. Mas, diante dos seus olhos, o rapaz de quem ela tanto gostava estava literalmente pedindo ajuda, sem condição nenhuma de fazer qualquer coisa por si mesmo.

Ela até poderia se aproveitar dele, mas de que adiantaria? Além do mais, não era esse tipo de garota.

— Você está bem? — perguntou Line, com cuidado, tentando não ofendê-lo.

— Tá tudo girando...

Teo falava um pouco mais alto que o normal, e Line estava preocupada com o fato de que os outros pudessem acordar. Pierre, na outra cama, já havia mudado de posição duas vezes.

— Vem comigo — disse ela, por fim, estendendo-lhe a mão. Ele aceitou a ajuda e a seguiu pela sala, parando no banheiro.

Antes que ela pudesse entrar junto, ele fechou a porta com cuidado.

— Preciso ficar sozinho — explicou.

— Tudo bem.

Line sabia disso. Havia certas coisas que as pessoas precisavam fazer sozinhas, e o mínimo de dignidade as impedia de ter testemunhas nesses momentos de solidão.

Ela ficou do lado de fora do banheiro até ouvir Teo vomitar.

Pelo menos agora ele vai melhorar.

Claro que ela queria ajudá-lo de alguma forma, mas aquele assunto tinha de ser resolvido sozinho. Assim, ela se afastou e foi até a cozinha. Abriu a geladeira, procurando algo que pudesse fazê-lo se sentir melhor, mas, apesar da geladeira cheia de pães, queijos, iogurtes e outras coisas, nada disso era indicado para alguém naquele estado. Sem opção, Line pegou uma garrafa de água e fechou a porta do freezer, voltando para o corredor, em frente ao banheiro.

Teo passou ali dentro uns bons dez minutos, colocando tudo para fora. Line ouviu quando a torneira da pia foi aberta. Em seguida, a porta se abriu e ele saiu.

Teo estava pálido, visivelmente acabado. Line quis abraçá-lo, dizer que dali a algumas horas tudo ficaria bem e que em pouco tempo eles estariam juntos novamente, só os dois, e poderiam desfrutar os últimos dias tranquilos, sem bebedeiras ou amigos para desviar o caminho.

Em vez disso, ela apenas estendeu o braço e lhe ofereceu a garrafa.

— Obrigado — disse ele, tomando um grande gole de água.

— Você está bem?

É claro que não estava, mas ela precisava perguntar.

— Vou ficar melhor agora que coloquei tudo pra fora.

Ela assentiu com a cabeça.

— Desculpe. Acho que o sanduíche foi todo embora.

Line sorriu.

— Tá tudo bem.

Teo segurou a cabeça dela com uma das mãos, fazendo-lhe carinho atrás da orelha.

— Desculpe.

Aquele gesto dizia muito para ela, e significava mais do que todo o estresse que havia passado a noite inteira. Aquele gesto confirmava que Teo realmente não era o tipo de rapaz que todo fim de semana bebe até cair, que aquele havia sido um momento de fraqueza, provavelmente impulsionado pela forma que a viagem dele tomara.

Em resposta, ela lhe deu um beijo na palma da mão.

— Vem, vamos dormir.

Teo a puxou pela mão, conduzindo-a de volta ao quarto. Uma vez lá, ele se jogou no lado livre da cama e imediatamente fechou os olhos, com um dos braços abertos, esperando que ela se aninhasse nele.

Line apenas olhava para ele. Nutria por Teo sentimentos mais fortes do que acreditava, e nem sabia que nome dar a eles. Queria estar com ele a todo momento, era verdade, e cada vez que se separavam era como se as horas se arrastassem mais devagar. Porém, olhou ao redor: numa cama, um casal de homens dormia agarrado, de conchinha; na sala, um casal de namorados com quem ela não simpatizara muito dormia esparramado no sofá; ali, na cama de Teo, ele e Canutto dividiam o espaço, restando para ela cerca de trinta centímetros para se acomodar.

Não havia espaço para ela naquela casa.

Com pesar no coração, Line tomou a decisão de ir embora.

Dando um longo suspiro de resignação, ela deu meia-volta, buscou os sapatos e saiu pela porta do apartamento, fechando-a atrás de si. Dentro em pouco os primeiros raios de sol começariam a surgir, e não seria tão mal assim voltar sozinha para o hotel.

capítulo 20

O visor do celular marcava nove e meia da manhã. Line dormira por apenas três horas, mas sentia que não conseguiria mais descansar. Precisava fazer alguma coisa, manter-se ocupada, ativa. Mesmo sabendo que provavelmente se arrependeria mais tarde de não ter descansado mais, ela esticou as pernas e se pôs para fora da cama.

O sol brilhava na janela, anunciando que aquele sábado seria mais um dia quente de verão. Era difícil ficar no Rio de Janeiro nessa época do ano, porque a cidade não ficava apenas quente, mas abafada, sufocante, difícil de respirar. Mesmo para ela, que vinha do interior da Bahia e estava acostumada com o sol a queimar-lhe a pele, era difícil sair de dia naquela cidade. Sempre ouvira falar das altas temperaturas que o verão carioca atingia, mas, agora que estava ali pela primeira vez e o sentia de verdade, percebia que os boatos eram até generosos com a realidade.

Line se arrastou preguiçosamente para o chuveiro. A água fria era um bálsamo a beijar-lhe o corpo. Fechou os olhos e se deixou molhar, permitindo que os pensamentos tomassem seu próprio rumo.

A noite anterior tinha fugido completamente do controle.

Talvez a culpa fosse dela mesma, afinal, se ela fosse uma garota menos certinha e mais descontraída, teria bebido muito mais e, possivelmente, teria se divertido mais, sem se importar tanto com os rapazes. Afinal, se fosse para colocar na prática, ela mal os conhecia, e muito possivelmente dali a uns dias jamais viria a vê-los novamente.

Então por que se importara tanto em fazer tudo certo?

Abriu os olhos.

Era porque ela era assim. Era de sua índole fazer as coisas certas, mesmo pelos desconhecidos. Simplesmente não sabia ser de outra forma, e, ainda que vez ou outra alguém se aproveitasse da sua bondade, em geral Line achava que era bom ser assim, que o mundo precisava de pessoas como ela, porque já havia coisa errada demais por aí.

Ela só desejava que, vez ou outra, uma coisa boa acontecesse consigo também.

Colocou um pouco de xampu na mão e o esfregou no couro cabeludo, aproveitando para fazer uma massagem na cabeça. Aquilo a ajudaria a relaxar.

Desde pequena, Line sempre fora uma boa garota. Nunca disputou o coração de ninguém, pois achava que não era assim que tinha de ser. Mesmo quando o namorado da comadre havia se declarado a ela, Line dissera não. Não achava certo que um rapaz comprometido ficasse lhe dizendo palavras de amor. Se casado ou namorando, o rapaz não existia para ela.

No entanto, por mais generosa que fosse, em seus vinte e sete anos tudo que ganhara de volta foram alguns poucos namoricos e um noivo que a abandonara.

Agora Line tinha Teo, mas não sabia o que fazer com ele.

Teo parecia gostar dela, dizia as coisas certas, demonstrava carinho e afeto e tudo mais. Ela gostava de sua companhia, gostava de seu toque, gostava até mesmo das diferenças entre eles, que significavam que tinham muito a aprender um com o outro.

Acima de tudo, ela gostava de como se sentia perto dele: como se seu passado não lhe pesasse mais sobre as costas e a perspectiva do futuro tivesse se tornado algo mais tranquilo, como uma batida de música.

Enxaguou bem os cabelos e, em seguida, aplicou um pouco de condicionador. Mesmo com as madeixas ainda crescendo, de vez em quando usava um pouco de creme, para que os fios crescessem sedosos e macios, em vez de rebeldes.

Line sabia que demorava um pouco demais naquele banho, mas não se importava. Precisava daquele momento de reflexão.

Ensaboou-se devagar, sentindo o toque da esponja naquela pele que Teo dissera ser macia. Nunca antes havia reparado nesse detalhe, mas talvez ele tivesse razão, no fim das contas. Podia não ser a garota mais vaidosa do mundo, tampouco tinha produtos caros para cuidar de seu corpo, mas, na medida do possível, ela se gostava.

E vou me cuidar muito mais por ele, Line flagrou-se pensando.

Ela fechou a torneira e se enrolou na toalha, colocando outra ao redor dos cabelos. Voltou para o quarto e se jogou na cama, e ali ficou por alguns minutos, em silêncio, pensando e olhando para o teto.

O que Teo estaria sentindo por ela? O que ele iria querer depois de ir embora?

Tudo bem que na noite anterior ele dissera que gostava mais dela do que ela imaginava, mas será que não fez isso apenas porque estava bêbado? Por outro lado, desde que se conheceram, ele a procurava, telefonava, mandava mensagens, pedia que ela o encontrasse, mesmo que a programação não estivesse definida. Ele demonstrava interesse por ela o tempo todo, mas não seria apenas porque ele estava ali, e era mais conveniente continuar do jeito que estavam?

Dali a uns dias ele iria embora, voltaria para a própria realidade, para a casa dos pais, para junto dos amigos, para as aulas de skate e para a rotina cheia de compromissos, horários, deveres e obrigações. Voltaria para casa sem dinheiro, com dívidas e, possivelmente, tendo de encarar um bom sermão dos pais por ter ficado tanto tempo de férias.

O que aconteceria quando Teo voltasse para Brasília, para sua vida, e Line ficasse no Rio de Janeiro?

O que ela gostaria que acontecesse?

Olhando para o teto, Line tentava responder a todas essas questões, sem sucesso.

Lembrou-se de quando estavam abraçados na cozinha e ele lhe pediu que fosse visitá-lo em Brasília em março. Por que ela não aceitara o convite? Por que inventara que iria para o exterior, quando aquela era apenas uma ideia, uma remota tentativa de escapar dali? Se fosse sincera consigo mesma, entenderia que para escapar precisava apenas sair do apartamento, e não faria diferença ir para a Europa ou para Brasília.

A diferença é que em Brasília ela teria Teo.

Por que não dissera a ele que sim, iria a Brasília visitá-lo, e que se as coisas dessem certo entre eles ela ficaria por lá para sempre?

Burra!

Fez uma anotação mental para deixar de ser tão burra nas próximas vezes. Acontece que, perto dele, ela não conseguia raciocinar direito! Toda vez que ele falava uma coisa daquelas, um turbilhão de pensamentos a invadia, o ar lhe faltava nos pulmões, o chão sumia debaixo dos pés, a cabeça girava a mil por hora e ela tinha a impressão de que ia cair. O coração urrava dentro do peito e a consciência reclamava juízo, e no meio disso tudo ela acabava dizendo a primeira coisa que lhe escapava, que geralmente era alguma coisa fruto dessa bagunça que ele causava dentro dela, e que não era necessariamente aquilo que ela queria.

Perto dele, Line não agia racionalmente.

E tinha medo disso.

Line levantou-se e trocou de roupa, vestindo algo apropriado para circular nos saguões do hotel. Seria um dia longo.

Depois de tomar um leve café da manhã e, três horas depois, fazer uma refeição reforçada, Line resolveu se dedicar um pouco ao trabalho. Sabia que Teo acordaria à tarde, sem sombra de dúvida, e que estaria de ressaca. Provavelmente levaria horas até se recuperar e não entraria em contato com ela até o final do dia.

Se é que entraria em contato.

Diante desse quadro, Line resolveu se ocupar o máximo que pôde. Ajudou Raffa com os preparativos da viagem dela e lhe assegurou que cuidaria de tudo em sua ausência. Como quem não quer nada, sondou a possibilidade de arranjar um bico para Teo lá no hotel, e a recepcionista-chefe, sem perceber a artimanha da garota, respondeu que mais ajuda seria superbem-vinda, que poderia contratar um rapaz para ajudar os hóspedes em suas pequenas necessidades. Seria um funcionário temporário, sem contrato com a empresa, e a pessoa poderia ficar um ou dois meses hospedada lá, com casa, comida e lavanderia garantidas, ainda com a possibilidade de ganhar gorjetas.

Raffa não percebeu, mas aquela resposta trouxe felicidade ao sorriso de Line.

Depois que terminou de ajudar a chefe, a jovem se encaminhou para a recepção, auxiliando os hóspedes em suas dúvidas. Aquele dia era o último do pacote de Ano-Novo do The Razor's, então boa parte do hotel estava fazendo check-out. Para sua sorte, entretanto, não havia nenhum transfer agendado até a manhã do dia seguinte, o que era bom.

Line orientou os turistas sobre os ônibus para o Corcovado e o Pão de Açúcar e ajudou outros chamando táxis e informando ao motorista aonde desejavam ir. Ganhou algumas gorjetas, se bem que não fazia aquilo pelo dinheiro, mas sim pelo prazer de ajudar. Podia soar clichê, mas ela realmente sentia prazer nisso.

Fora assim que ela conhecera Teo, e era assim que ela continuaria a agir sempre.

Já passava das três da tarde quando ela voltou ao quarto. Teo não dera sinal de vida, e ela resolveu aproveitar aquelas horas para dar uma arrumada no local, afinal, no dia seguinte ele iria para lá. Line queria que ele se sentisse o mais confortável possível.

Arrumou suas roupas de modo que sobrasse uma gaveta inteira para o rapaz guardar suas coisas. Mesmo que ele ficasse ali por apenas dois dias, o fato de ter suas roupas organizadas numa gaveta, em vez de jogadas numa mala, certamente traria um conforto a mais no fim da sua viagem.

Tirou a roupa de cama e a levou junto com o restante da roupa suja para a lavanderia. Lá, acionou uma máquina com tudo que havia levado e selecionou o programa adequado. Em seguida, voltou para o quarto e o varreu por completo, passando um pano úmido no chão, para tirar os resquícios de poeira.

Quando terminou, encaminhou-se novamente para a lavanderia, e encontrou Raffa no meio do caminho.

— Oi, Line! Queria mesmo falar com você!

— Diga lá, como posso ser útil?

A outra riu com gosto.

— Ah, pare com isso. Eu não sou hóspede.

Line achou graça no comentário. Ela mesma não havia reparado que dissera aquilo, tão automático que saíra.

— Vai ter um congresso em abril, uma semana em Brasília. Você quer ir comigo?

Não podia ser verdade!

— É mesmo?

— Não vou dizer que é tudo de graça, mas praticamente é. O hotel vai pagar para mim a hospedagem e a de mais um acompanhante. Como meu namorado não gosta desse tipo de programa, porque já viaja muito a trabalho, pensei em te levar, pra você dar uma passeada. Que tal?

Era muita coincidência. Parecia mesmo que o destino jogava a seu favor.

— A hospedagem está garantida, e é tudo incluído, até as taxas extras e a bebida. Você só teria que pagar a passagem, mas isso é o de menos! Se você não tiver cartão de crédito, eu posso pagar pra você, a gente parcela em mil vezes e você fica pagando um pouquinho por mês.

A proposta era tentadora demais e se encaixava perfeitamente nos novos rumos que Line queria dar para a sua vida.

— Puxa, parece ótimo! — Line conseguiu dizer.

Raffa parecia satisfeita.

— Que bom que você gostou da ideia. A gente vai se divertir muito por lá! Eu nunca fui a Brasília, e você?

— Também não.

A chefe descreveu um monte de opções turísticas e programas que as duas poderiam fazer. Line apenas concordava e demonstrava entusiasmo. Queria fazer tudo aquilo, sim, e mal podia esperar para contar essa novidade para o Teo!

— É claro que você não precisa me dar uma resposta definitiva agora. Sei que você tem que ver seus próprios planos, falar com sua família e tudo o mais, então façamos assim: vou fazer uma pré-reserva em nosso nome, e, quando eu voltar de viagem, você me dá o seu sim definitivo. Tudo bem?

— Pode ser assim, sim.

— Ótimo!

E então Raffa se afastou, na mesma velocidade com que surgira. Ela era uma mulher bem-sucedida e certamente chegaria ao topo da carreira em breve.

Line estava entusiasmada quando entrou na lavanderia. Pegou a roupa já seca e a dobrou com cuidado, levando tudo de volta para o quarto. Uma vez lá, verificou que havia uma ligação perdida de Teo.

Ele já acordara.

Eram quase cinco da tarde. Line colocou as roupas limpas nas gavetas e arrumou a cama com os lençóis limpos. Decidira esperar que ele ligasse de novo, apenas para lhe dar um pequeno castigo.

capítulo 21

Às cinco em ponto, Teo telefonou novamente. Era a segunda vez, e Line deixou de bobeira e resolveu atender. Ela já tinha vinte e sete anos, afinal de contas. Não deveria ficar agindo assim, como uma garotinha boba que não quer atender o telefone por mero orgulho besta.

Mesmo assim, ver o número e o nome dele piscando no visor do celular fazia suas mãos suarem frio.

— Alô?

Era a primeira vez que atendia a uma ligação dele sem ânimo na voz. Das outras vezes gritara o nome dele, dando ênfase nas vogais. Agora, alguma coisa mudara.

— Oi, Line. Tudo bem?

Se está tudo bem? É uma boa pergunta.

Ridículo pensar no motivo de ela estar agindo assim. Passara o dia inteiro pensando nele, arrumando o quarto para ele, arranjando viagens que a aproximassem dele e esperando o momento de estar com ele novamente. Agora que finalmente falava ao telefone com Teo, estava fria.

Vai entender.

— É, tudo bem. E você, tá melhor?

Sabia que entrava agora numa zona delicada. Nem todo mundo se sentia confortável em falar sobre a bebedeira da noite anterior. Bem ou mal, eles ainda estavam se conhecendo, e aquele poderia ser um ponto delicado para Teo.

— Tô bem, sim, bem melhor.

Aparentemente, Teo era o tipo de rapaz que não ficava arrastando a vergonha para o dia seguinte.

— Tudo bem mesmo? — insistiu ela. No fundo, só queria saber se havia algo que pudesse fazer por ele.

— Ah, um pouco de dor de cabeça e enjoo, mas normal. Faz parte.

A tranquilidade dele a incomodou.

— E você? — Teo continuou.

Era a conversa mais longa que tinham por telefone. Das outras vezes apenas se falaram rapidamente, para combinar encontros, e quase sempre por mensagem de texto. Agora, entretanto, conversavam normalmente, como pessoas civilizadas.

Como um casal.

— Olha, Teo, não vou mentir: eu fiquei bastante chateada com o que aconteceu ontem.

Com o quê, exatamente? Com tudo?

Line buscava uma razão específica para estar chateada com ele, mas não encontrava. Culpava o quadro geral da coisa, como a noite se desenvolvera e ela pensava em voltar para casa sozinha, de madrugada, mas não tinha certeza se era bem isso. Sabia que era algo, mas não sabia o quê.

— Por quê? Porque eu bebi?

Ela não sabia. E se arrependia de ter mencionado o tema por telefone. Aquela era uma conversa que deveriam ter pessoalmente, olho no olho. Ela poderia assim analisar as reações no rosto dele.

Mas também queria poder encontrá-lo mais tarde já tendo superado o assunto "noite passada", já tendo dito tudo o que precisava ser dito. Ficar remoendo o mesmo tema aborrece os homens, ela sabia, e era muito cedo para o relacionamento dos dois começar a ser discutido.

— É. Também.

Line não tinha certeza, mas precisava dar alguma resposta.

— Desculpe, Line. Não queria que você tivesse visto aquilo.

Ela suspirou.

— Eu nem queria sair ontem! — Teo se exaltou. — Queria ficar em casa, relaxando contigo, mas daí acabei saindo, o Canutto tava lá e eu acabei bebendo. É um saco, eu sei, mas faz parte. Já foi, também.

Toda vez que ele dizia "faz parte", um nervo da sua paciência se retesava. Por que ele fazia tão pouco caso de tudo?

Ao contrário das outras vezes, porém, Line se conteve e deixou o assunto de lado. Por enquanto.

— Aham. Sei.

Ela não conseguia disfarçar.

— Você está fazendo o quê? — Teo quis saber.

— Agora, agora, nada. Ia botar um filme pra assistir, só — ela mentiu.

— Não quer vir me encontrar?

Claro que ela queria.

— Onde você está?

— Tô na praia de Ipanema com o Canutto e os franceses. Viemos dar um rolé de skate e um mergulho.

— Hum...

— Quer vir?

Claro que ela queria.

— Tudo bem. Encontro contigo em vinte minutos, pode ser?

— Tá legal, eu te espero aqui. Beijão!

— Outro.

Desligar o telefone trouxera ao quarto uma estranha sensação. Line ainda estava confusa com o tipo de relacionamento que tinha com Teo, e não queria ver coisas demais onde estas não existiam. Por outro lado, se os dois fossem mesmo construir um relacionamento, seria bom que desde o início ela deixasse claro o que realmente a incomodava, para que os dois pudessem desfrutar de tempos agradáveis juntos.

Ela deixou as dúvidas de lado e resolveu se arrumar. Ficar remoendo hipóteses só a atrasaria ainda mais, e Line não resolveria nada sozinha. Fosse o que fosse que precisasse ser decidido, teria de ser feito pelos dois, juntos.

Decidiu-se por um vestido florido, bem colorido, para trazer alegria. A estampa tinha tons de azul-escuro mesclado com laranja, vermelho e amarelo, que expressavam a força do verão carioca. Queria que Teo a visse de bom humor, radiante, apesar da longa noite que tiveram.

Calçou as sapatilhas douradas e pegou a bolsa, junto com o celular e o carregador. Na saída, passou pela cozinha e pegou duas barrinhas de cereal, só por precaução. Ela havia almoçado bem, mas sabia que no apê dos rapazes não havia muita comida.

Dessa vez ela iria de ônibus. Podia muito bem andar até Ipanema, mas não queria perder mais tempo longe de Teo. Já perdera o dia inteiro, dando-lhe espaço para pensar em seus próprios atos. Agora era hora de ficarem juntos, e cada minuto contava.

Enquanto caminhava até o ponto de ônibus, a cinco minutos dali, pensou no desperdício que havia sido a noite anterior. Não por causa de tudo o que acontecera, pois isso já era óbvio, mas porque era um dia em que ela poderia dormir até tarde, junto dele, sem ter de sair correndo cedo no dia seguinte para trabalhar. Aquele teria sido um dia ideal para passarem a noite juntos, acordarem abraçados, irem à praia pela manhã e fazerem as coisas com calma e doçura.

Só que tinha sido tudo ao contrário.

Seria isso o que a incomodava, afinal? O fato de as coisas não terem acontecido como ela gostaria?

E agora, naquela noite, novamente ela não poderia ficar até tarde. Teria de acordar cedo para fazer o transfer. Desejou do fundo de sua alma não ter de trabalhar na manhã seguinte, mas precisava fazê-lo. Precisava manter-se minimamente responsável com os compromissos que assumira, pois tinha medo de jogar tudo para o alto e seguir em uma aventura com Teo.

Queria, sim, fazer isso, e achava que os dois viveriam uma grande aventura em breve. Porém, não era preciso se afobar. Teriam tempo para isso, o mundo não estava acabando.

Lamentou, sim, que as noites tivessem sido perdidas dessa forma, mas e daí? Amanhã ele iria para o hotel com ela e os dois poderiam aproveitar muito o tempo juntos.

Ao chegar ao ponto, seu celular tocou novamente. Era ele.

— Oi, Teo! — Line manteve o mesmo grau de animação de sempre, deixando de lado todas as frustrações que ameaçavam amargurá-la.

— Oi, Line! Onde você está?

— Tô no ponto de ônibus, a caminho daí.

— Tá. Em quanto tempo você acha que chega?

Ela fez os cálculos.

— Hum, não sei. Acredito que em quinze ou vinte minutos.

— Tá. Legal. A gente tá aqui em Ipanema.

Já sei.

— Estamos entre os postos nove e dez.

— Certo. Na altura da rua Vinicius de Moraes, né?

— Quê?

— Na altura da rua Vinicius de Moraes.

— Não sei. Estamos na praia.

— Tudo bem, eu encontro vocês.

— Tá. Tá bem. Tchau!

Line riu. Garoto afobado!

Fez sinal para o primeiro ônibus que passou e subiu. Mal tinha pagado a passagem e se sentado quando seu telefone tocou novamente.

— Oi, gatinho!

— Oi, Line! Estamos no posto nove te esperando, tá?

— Tudo bem.

— Não estamos mais no dez, estamos no nove.

— Tudo bem.

— Tô te esperando.

— Vocês estão na praia ou no calçadão?

— No calçadão.

— Tá legal. Te vejo daqui a pouco.

— Ok. Tchau!

Ela riu. O jeito dele era engraçado. Apesar de ela não ser da cidade, sabia se locomover por aí melhor do que ele. Pelo menos na zona sul, onde passava a maior parte do tempo.

O ônibus mal tinha passado o morro do Cantagalo quando o celular tocou de novo.

Ela sabia quem era, e já atendeu rindo.

— Fale, meu rei!

— Oi, Line. Estamos aqui no posto oito, tá legal?

— Tá tudo bem.

— A gente tá no calçadão, mas do lado da praia, não do outro lado, tá bem?

— Tudo bem. Estou a caminho.

— Tá bom. Tchau!

Desligou.

O comportamento dele era engraçado. Fazia-a lembrar-se de quando seu pai lhe pedia que avisasse exatamente onde e com quem estava. Apesar da graça da situação, aquele jeito afobado e ansioso dele não lhe passara despercebido, e Line fez uma anotação mental sobre o assunto. Certamente, se eles levassem o relacionamento adiante, aquele era o tipo de comportamento que teria de ser conversado no futuro. Imagine se ele ficasse telefonando desse jeito todos os dias, dizendo onde estava ou querendo saber exatamente onde ela estava.

Claro que em um relacionamento a distância o contato e o carinho são fundamentais para manter os corações aquecidos. Mesmo que no caso deles a distância fosse apenas por pouco tempo, ainda assim teria de ser uma coisa conversada entre ambos, para que nenhum dos dois ultrapassasse a individualidade um do outro.

O ônibus passou por Ipanema, e Line fez sinal para que ele parasse. Desceu exatamente na rua Maria Quitéria, e não pôde evitar se lembrar do bar da noite anterior.

Aquela esquina sempre vai me trazer essa lembrança.

Mesmo assim, Line estava de bom humor agora. Estava disposta a superar o fiasco da noite anterior e ter uma noite agradável com Teo, fazendo nada, apenas se curtindo.

Mal chegou à altura da praia, foi obrigada a colocar os óculos escuros. O sol batia forte e a praia estava completamente lotada. Já eram quinze para as seis da tarde, mas os cariocas e turistas pareciam não se incomodar com isso. Era difícil até para caminhar na calçada.

O celular tocou novamente.

Gente! Que menino confuso!

Ela riu antes de atender.

— Oi, Teo! — A sua voz saiu cheia de humor.

— Oi, Line. Onde você tá?

Ela olhou ao redor.

— Tô no posto nove. Já tô chegando aí.

— Tá. A gente tá aqui no posto seis, numa pracinha.

— Como é?

Eles não estavam no posto oito?

— Tem uma espécie de pracinha aqui...

— Você tá no Arpoador?

— Não sei. Acho que sim. Estamos no posto seis.

— Você não estava no posto oito, me esperando?

Aquilo a estava aborrecendo.

— Sim, mas os rapazes quiseram vir para o apê e eu vim acompanhando eles.

— Puxa, custava vocês ficarem parados? Primeiro você diz que está entre o nove e o dez, depois diz que está no oito, agora diz que está no seis. Se tivesse me dito desde o início que você ia pro seis eu já estava aí contigo.

— Eu sei. Desculpe. É que os rapazes decidiram ir pro apê no caminho e eu vim seguindo.

Ela entendia, mas, poxa vida, cada minuto com ele era ouro! Será que ele não entendia isso? Agora ela estava voltando a pé metade do caminho que fizera, quando na verdade já poderia estar junto dele.

Inspirou e expirou profundamente. Não se deixaria abalar.

— Tá bem, Teo. Tô indo praí. Fica parado!

— Tá. Eu tô numa pracinha, na entrada.

— Tá bom, tchau.

Às vezes Teo agia como criança. Ou será que Line é que estava sendo exigente demais?

Ela andou apressada, desviando-se das dezenas de turistas que caminhavam pelo calçadão sem se importar com a pressa alheia. Tentava desviar dos banhistas, mas era quase impossível, então resolveu deixar isso pra lá também. O importante era chegar logo ao Arpoador.

Após dez minutos que pareceram durar dez milênios, ela chegou ao Arpoador.

Olhou ao redor, procurando aquele rosto tão conhecido e que ela adorava tanto, mas não encontrou.

Continuava a procurar quando seu celular tocou.

— Onde você está? — perguntou Teo, mas tão logo ouviu a voz dele Line o encontrou com os olhos.

Teo vestia a mesma camiseta amarela regata da primeira vez que saíram juntos. A mesma bermuda e os mesmos chinelos, com o boné virado para trás e os óculos escuros iguais aos dela colocados na cabeça, completando o estilo despojado.

Vê-lo ali, de pé, procurando-a, a levou a deixar todas as dúvidas de lado e ter certeza de que queria estar com ele.

Queria estar com ele!

— Estou te vendo.

— Onde? — Ele se virou de um lado para o outro, procurando-a, até que seus olhos se encontraram e ele sorriu. Desligaram os telefones.

Nossa! Esse sorriso...

Seria possível que um rapaz tão lindo e tão legal gostasse tanto dela assim? Seria tudo isso verdade? Ou ela queria acreditar nisso para resgatar a si mesma do fundo do poço onde se encontrava?

Teo veio em sua direção.

— Você demorou — disse ele.

Sim. Vinte e sete anos.

— Eu sei. Mas agora estou aqui.

Ele sorriu e ela o imitou. O sorriso era a forma de os corações apaixonados se cumprimentarem.

Teo passou a mão pelo rosto de Line, acompanhando cada traço de sua feição. Lentamente, aproximou seus lábios dos dela e a beijou.

E, num dos cartões-postais mais famosos do Rio de Janeiro, eles fizeram as pazes.

capítulo 22

Eu tenho muita sorte por tê-lo encontrado, pensou Line enquanto beijava Teo. *Quantas pessoas passam a vida inteira buscando a pessoa certa para amar? Quantas pessoas passam a vida inteira dedicando o seu tempo a outras coisas que não a amar?*

Todos os dias, centenas de dezenas de pessoas ao redor do mundo acordam com a esperança de, naquele dia, encontrar o amor da sua vida. Todos os dias, centenas de dezenas de pessoas ao redor do mundo dormem, com a esperança de que no dia seguinte terão mais sorte e encontrarão o amor da sua vida.

Line podia até ser uma garota insegura, mas tinha um histórico que justificava seus atos. Podia até ser que ela não tivesse certeza de muitas coisas, inclusive com relação a Teo. Por exemplo, ela não tinha certeza do que sentia por ele, e tinha medo de dar nome a tudo isso. Também não sabia se Teo era o cara certo, desses com quem as garotas sonham em passar o resto da vida e chegar à velhice, alimentando os patos na lagoa.

Ela não sabia de muitas coisas, mas aprendera algo fundamental com Teo, e isso fazia toda a diferença: com ele, aprendera que nem todas as decisões de sua vida tinham de ser para sempre.

Conhecera o bastardo do ex muito jovem, e muito cedo se entregara completa e cegamente a ele. Aceitava tudo o que ele dizia, mudara sua vida por completo, acompanhava os planos e decisões dele sem opinar. Tudo o que ele dizia e fazia era bom e suficiente para ela. Até que aconteceu o que aconteceu, e tudo mudou.

Desperdiçara preciosos anos de sua juventude numa certeza tão certa, mas tão certa, que acabou no vazio. E agora, diante da incerteza do que seria aquela história com Teo, Line simplesmente aprendera a confiar que as coisas dariam certo.

Era preciso que fosse assim.

Porque duas almas não se encontram sem querer, da forma que se encontraram, apenas para se esbarrar. Duas almas tão semelhantes e tão simétricas só poderiam estar destinadas a viver uma grande história juntas.

Depois que o beijo se desfez, o casal ainda ficou abraçado durante um tempo, para que seus corações matassem as saudades um do outro. Afinal, para os apaixonados, doze horas de distância é tempo demais.

Line levantou o queixo para olhar Teo de frente. A barba rala já começava a crescer, conferindo-lhe um despojado ar sensual, desses que as campanhas de moda tentam criar nos modelos. Provavelmente ele nem sabia disso, porque era o tipo de coisa que não o preocupava.

— Sabe, eu ainda estou bem chateada com o que aconteceu ontem.

Assim que disse isso, ela se arrependeu.

Por que tinha que estragar o clima assim? Por quê?

Teo se aborreceu, mas não se abalou.

— Eu sei. — Ele desfez o abraço e a segurou pelos ombros.

Line não queria abordar o assunto de novo, mas parecia que aquilo lhe escapava contra sua própria vontade.

— Por que você bebeu daquele jeito?

— Eu não sei, Line. Já disse. Eu tô de férias, estava com meus amigos, estava com você. As coisas simplesmente aconteceram.

Ela sabia disso. Por que insistir no assunto?

— O mais engraçado é que eu nem bebo! — ele continuou. — Quando você for a Brasília você vai ver, pode perguntar pra todo mundo! Eu sou sempre o motorista da vez, sempre com uma garrafinha de água, enquanto todo mundo fica bebendo. Nem lembro da última vez que bebi!

De tudo que ele falou, ela ouviu apenas "quando você for a Brasília". Ela iria mesmo? Teria coragem?

Ao que parecia, Teo já estava dando isso como um fato.

— Eu sei, você falou... — Ela estava profundamente arrependida de ter tocado naquele assunto novamente. Só não queria não dar importância ao fato. No futuro, caso isso se repetisse, os dois iriam pensar muito bem nas consequências e tomariam a decisão certa.

— Mas, sabe, eu pensei muito no que aconteceu.

Ela levantou uma sobrancelha, demonstrando interesse.

— É, fiquei pensando o dia todo sobre ontem. E vi que você não merece passar pelo que passou.

Ele tinha razão, mas não era isso que ela queria ouvir.

— Você não merece ficar cuidando de bêbados nem ficar se aborrecendo com esse tipo de situação.

— Teo...

— É verdade, Line. Você é uma garota incrível, cuidadosa, carinhosa. Se preocupa com os outros, eu vejo isso! Vejo como você cuida e se preocupa não só comigo, mas com meus amigos. Desde o primeiro dia. Você é incrível!

Sim, tudo isso era verdade. Mas era assim porque era assim, não porque ela calculasse suas ações pensando em uma compensação futura. Line simplesmente era assim.

— Teo...

— Você não merece passar por isso. Até o Canutto disse isso.

Ela não estava gostando do rumo que aquela conversa estava tomando.

Como se fosse uma despedida.

— Teo...

— Me desculpe.

Ele abaixou a cabeça, e ela nunca o amou tanto como naquele momento. Teo era humano, e errava, mas era íntegro o suficiente para reconhecer seus erros e se desculpar. Quantas pessoas se dignavam a isso?

Seria isso amor?

Line abraçou-o forte, puxando seus ombros à sua altura. Não queria largá-lo nunca mais.

— Tá tudo bem, gatinho. Vamos deixar isso pra lá. — Deu-lhe um beijo no rosto e o abraçou mais ainda. Teo devolveu o carinho, deixando-se embalar por ela.

Um dueto de saxofone e guitarra elétrica começou a tocar ali perto, chamando a atenção do casal. Por um momento eles se esqueceram de que estavam em público. Era comum isso acontecer quando estavam juntos, pois, quando se completavam, tudo ao redor parecia entrar em uma fina sintonia.

O casal desfez o abraço e passou a contemplar o dueto tocar um groove que mesclava jazz e blues, perfeito para aquele fim de tarde.

Line teve uma ideia.

— Quer ficar por aqui e ver o pôr do sol no Arpoador? — Line queria muito fazer aquele programa com ele, pois tinha certeza de que Teo adoraria. — O pessoal costuma subir naquela pedra ali e fica olhando enquanto o sol desce; quando termina, todo mundo aplaude e agradece a beleza da natureza. Tem sempre alguém que puxa um violão e começa a tocar música e todo mundo se junta, começa a cantar, faz novas amizades. É legal.

Teo pareceu ponderar por um segundo, mas então disse:

— Não, vamos pra casa.

Line queria muito que ele visse o pôr do sol no Arpoador, mas se resignou. Não precisavam fazer aquilo hoje. Podiam voltar ali amanhã ou depois, quando estivessem menos cansados. Hoje ela iria obedecer à vontade dele.

— Tudo bem.

Ele lhe deu a mão e os dois seguiram juntos, atravessando o Arpoador e entrando no bairro de Copacabana, onde centenas de turistas se sentiam felizes por estar num dos lugares mais cobiçados do mundo, na melhor estação do ano.

O casal passeava sem pressa, curtindo a companhia um do outro, observando as lojas e o movimento nas ruas.

— É verdade que em Brasília é só colocar o pé na rua que os carros param pra você passar?

Teo riu.

— Não é bem assim. Isso só acontece nas ruas residenciais, não nas vias expressas.

Ela achou mesmo que aquilo era meio absurdo em qualquer cidade do Brasil, ainda mais numa capital.

— E como é em Barreiras?

— Ah, diferente da loucura que é aqui no Rio, né? Tem muita moto, sabe? É bem mais barato do que ter carro.

— Tem razão.

Os dois atravessaram uma rua transversal.

— Eu acho curioso que aqui as ruas não têm botão para o pedestre apertar para atravessar.

— Em Brasília é assim?

— Sim.

Ela parou para pensar.

— Algumas ruas aqui têm botão, sim, mas a maioria não tem, é verdade. Parece que tudo em Brasília é planejado mesmo, hein?

Teo achou graça no comentário dela.

— Parece que sim.

— Acho que eu ia gostar de Brasília. Gosto das coisas planejadas e organizadas.

Ele a olhou de lado e apertou mais forte sua mão.

— Tenho certeza que sim.

Um arrepio percorreu as costas dela. Teo queria que ela gostasse da cidade dele.

Andaram mais um pouco e passaram por uma velha senhora sentada na calçada, com a mão estendida, pedindo esmola. Esquecendo-se de que estava junto de Teo, Line simplesmente abriu a bolsa e tirou de lá uma das barrinhas de cereal e a entregou à mulher, que lhe disse:

— Deus te abençoe!

Line meneou a cabeça, como se aquilo fosse um gesto natural. Quando se voltou para pegar a mão de Teo novamente, viu que ele sorria para ela. Teo não disse nada, mas não era necessário: ele vira o que ela fizera, e aprovava o gesto.

Line sentiu-se enrubescer. Não fazia as coisas buscando a aprovação dele nem de ninguém, mas não podia mentir e dizer que não gostava de sentir-se aprovada e admirada por ele. Queria, sim, que ele a admirasse.

— Sabe de uma coisa? — disse ele, puxando assunto.

— O quê?

— Depois que a gente se conheceu no ônibus, eu quis te ligar no mesmo instante.

— É mesmo?

Aquela conversa estava tomando um caminho interessante.

— Sim. Mas o Canutto disse para eu não te ligar.

— Aaaahhh, é? Interessante...

Line fez uma anotação mental para descontar dez mil pontos da ficha de amizade de Canutto. Quem diabos ele pensava que era para empacar seu namoro daquela forma?

— É verdade. Mesmo no ônibus, quando você não estava vendo, eu ficava fazendo sinal para ele, te aprovando, e ele só balançava a cabeça e ria.

— Hum... Me lembre de depois ter uma conversinha muito séria com esse seu amiguinho.

— Não precisa matá-lo, ele é gente boa!

A jovem riu.

— Não vou matá-lo. Só quero entender por que ele não queria que você me ligasse.

— Nada contra você especificamente. Ele só ficava dizendo que ele tinha acabado de chegar, que a gente ainda ia sair e se divertir muito, conhecer muitas garotas, e que eu não precisava me juntar com a primeira que eu conheci.

— Ah, é?

— É. Só que era ele quem estava chegando, eu já estava aqui há muito tempo.

— Sei...

Line já não tinha mais certeza se estava gostando de ouvir aquilo. Qual era o problema dela? Por que o Canutto não a aprovaria? Tudo bem, ela não era nenhuma beldade de parar o quarteirão, mas, poxa vida, também não era tão ruim assim.

Sem se dar conta, a "desaprovação" do amigo dele a magoara um pouco.

— Mas, desde o momento em que bati os olhos em você, ainda na fila do ônibus, eu sabia que queria te conhecer.

Opa!

— É mesmo?

— Verdade. Logo que a vi, eu a achei linda, e quis imediatamente falar contigo, mas não sabia como.

Ela se lembrava também. A primeira vez que o vira, pensara que seus filhos seriam lindos.

Que pensamento tolo!

— Eu sei, gatinho. E fico feliz que você tenha ligado.

Ele puxou o rosto dela para perto do seu:

— Eu também.

Os dois se beijaram, encerrando o assunto, pois o beijo é o ponto final nas frases dos apaixonados.

Passaram por uma loja de música. Teo quis entrar ao ver na vitrine um vinil antigo de uma banda estrangeira. A jovem o acompanhou e percorreu os olhos pelos CDs e DVDs da loja. Queria poder descobrir cada banda, cada grupo musical de que ele gostava, e queria poder discutir e provocá-lo com outros grupos absurdos, só pelo prazer da brincadeira.

Dois minutos depois, Teo se juntou a ela.

— Queria ver se eles tinham esse vinil numa caixinha, com outros CDs, mas não tinham.

— Ah, que pena.

Line leu o nome do grupo e decidiu, que assim que tivesse um tempinho, procuraria na internet se algum lugar vendia a tal caixinha.

— Mas eu gostei desta loja. Não a tinha visto ainda.

— Não sabia que você gostava desse tipo de loja.

— Adoro! Queria ter ido a sebos aqui no Rio, mas não conheço nenhum.

— Puxa! Eu posso te levar a vários, você vai adorar! Aqui mesmo em Copacabana tem alguns, inclusive com música ao vivo!

Teo apenas concordou com a cabeça.

Atravessaram mais uma rua e passaram em frente à lanchonete na qual naquela madrugada eles haviam parado para comer. Os dois se olharam e riram juntos, sem precisar dizer mais nada.

— Teo, acabei esquecendo de perguntar: onde está o resto do pessoal? Pensei que você estivesse com eles na praia.

— E tava. Mas eles queriam ir embora, daí eu vim seguindo com eles até a pracinha e fiquei pra trás pra te esperar.

— Hum. Entendi. Eles estão no apê agora?

— Acho que sim, senão vamos ter que encontrá-los pra pegar a chave.

Chegaram à portaria do prédio e entraram no elevador.

— Me conta mais da sua vida em Brasília. É verdade que todo mundo precisa ter carro lá?

— É. Mais ou menos. Carro faz falta lá, mas dá pra andar de ônibus ou de bike também.

— Você tem carro?

— Sim. Bom, não é meu, é do meu pai.

— Entendi.

— Mas ando muito de bike, pra cima e pra baixo, o tempo todo. Meio que tô sentindo falta de fazer isso aqui.

— Mas você pode alugar uma bike e andar aqui pela orla.

— É mesmo? Não sabia.

— Sim. Depois eu te mostro como fazer.

Chegaram ao 1012, que, para felicidade dos dois, estava com a porta aberta.

Aquele apartamento de um quarto estava sendo alugado apenas pela segunda vez, mas certamente já tinha mais histórias para contar do que muita mansão da zona sul.

capítulo 23

Louis e Pierre tomavam banho juntos e Canutto não estava em casa. Por alguns minutos, Teo e Line teriam alguma privacidade.

Os dois entraram sem fazer barulho, sabendo que o outro casal estava ocupado demais para se preocupar com eles.

Teo puxou a jovem pela mão e a levou direto para o quarto. A cama dele estava uma verdadeira zona, cheia de coisas em cima, então ele a deitou na outra cama. Aquele detalhe não passou despercebido a ela, mas Line não lhe deu maior importância.

O sol já tinha se posto do lado de fora, e o luar iluminava fracamente o lado de dentro do quarto, banhando o rosto de Teo num tom azulado escuro. Line olhou-o com carinho e quis emoldurar aquele instante para sempre em sua memória, não porque o rapaz estivesse excepcionalmente lindo, mas sim porque era aquilo que os dois queriam, e sempre quiseram, desde o início: apenas ficar juntos, se curtindo, sem a obrigação e a preocupação de sair por aí.

Ela queria se lembrar sempre disso, para que nunca mais cometesse o mesmo erro da noite anterior.

— Sabe, você disse muitas coisas ontem à noite — ela comentou, jogando verde.

— Eu sei — respondeu Teo, casualmente, sem dar muita importância.

— E você lembra de tudo?

Teo olhou-a com curiosidade.

— Não falei nada de errado, que eu saiba. E, sim, me lembro de tudo.

O que Line queria mesmo saber era se ele se lembrava de tê-la chamado de namorada, de ter dito que gostava dela mais do que ela imaginava, de ter ido atrás dela quando ela disse que ia embora.

Ela queria fazer todas essas perguntas, mas não fez nenhuma. Tinha medo das respostas.

E se ele dissesse que não se lembrava de nada, e risse dela? E se ouvisse tudo isso e não desse a menor bola? Ou pior: se dissesse que não era bem assim, que tudo fora mera força de expressão, que ele estava bêbado e não quis dizer nada daquilo, ou que ela estava interpretando tudo de maneira errada?

Ela queria perguntar, mas não queria saber. Era o tipo de ilusão na qual ela se contentava em acreditar, para não ferir ainda mais o seu já machucado coração.

Ela virou o rosto para beijá-lo. Todos os pensamentos, todas as preocupações, todas as broncas teriam de esperar agora. Aquele momento era deles.

Encostaram seus corpos um no outro e suas bocas se buscaram com ardor. A temperatura entre eles subia gradativamente, e ficou tão quente quanto a que os termômetros marcavam nas ruas da cidade.

Line quis brincar e, com a mão, buscou o membro de Teo. Não foi difícil encontrá-lo, pois, para seu próprio prazer, ele não fazia o tipo tímido e prontamente se apresentava disposto. Ela ouviu quando o rapaz gemeu baixinho no momento em que ela o tocou ali e facilitou o caminho, deitando de costas no colchão.

Ela se virou de lado e, com a mão esquerda, abriu o botão e o zíper da bermuda dele. Sentia-se ousada e gostava de provocar essas sensações nele. Queria que ele a desejasse, além de gostar dela. Tinha de ser o pacote completo, pois, se iriam ficar longe um do outro durante alguns dias, ou até mesmo semanas, ambos teriam de se gostar e se desejar com a mesma intensidade.

Line alcançou o membro de Teo, que imediatamente reagiu ao toque dela.

— Hum...

O rapaz riu e ela se sentiu mais à vontade. Era bom estar com alguém que, mesmo nessas horas, ela podia provocar, sem correr o risco de ele se chatear ou algo assim. Teo era jovem e não tinha essas neuras de ser o macho exemplar, como o cretino do ex-noivo. Teo não precisava provar nada a ninguém. Só devia satisfação a si mesmo e aos pais.

Era mais fácil ser ela mesma perto dele.

— Você gosta disso? — ela ousou perguntar.

— Uhum... — ele gemeu, os olhos fechados já, deixando-se invadir pelas sensações.

A mão de Line parou de brincar e começou a movimentar o membro para cima e para baixo, num ritmo contínuo e constante. Aos poucos ela percebeu que ele crescia e inchava entre os seus dedos; ficou satisfeita com o resultado.

— Acho que você gosta mesmo disso.

A cueca dele a atrapalhava, então ela fez um gesto para puxá-la para fora, junto com a bermuda. Queria libertá-lo de vez daquelas roupas, deixar o caminho livre para suas carícias.

Mas o barulho da porta do banheiro sendo destrancada acordou-os para a realidade.

— Droga! — ele praguejou baixinho.

A jovem achou graça.

— Não se preocupe. Nós ainda não terminamos essa conversa...

Sabia que ele se sentia frustrado por ter de interromper, mas não havia remédio. Com tanta gente entrando e saindo o tempo todo naquele apartamento, dificilmente eles conseguiriam uma oportunidade só para eles.

— Teremos todo o tempo do mundo só para nós quando você for para o hotel.

Teo sorriu com o canto da boca e soltou o ar, impaciente. Em seguida, ajeitou a bermuda e se deitou de lado.

Poucos segundos depois, os dois franceses apareceram no quarto.

— Oh! Olá, Line! Tudo bem? — perguntou Louis. Ela se levantou da cama para cumprimentar a ambos com dois beijinhos.

— Tudo bem, e vocês?

— *Oui, oui*.

— Seu *namorrado* aqui que *non* acordou muito bem hoje — comentou Pierre.

Ela olhou para o rapaz, deitado displicentemente na cama.

— É, eu sei.

Não queria entrar naquele assunto novamente. Estava tudo tão bom, para que voltar àquilo?

— Você *melhorrou* do enjoo? — quis saber Louis.

Estava evidente que nem mesmo Teo queria voltar a falar do tema, mas ainda assim ele não foi rude com os amigos.

— Sim. Mais ou menos.

Aquilo chamou a atenção de Line.

— Achei que você estivesse se sentindo bem — estranhou ela.

— E estou.

Line cruzou os braços no peito e ficou olhando para ele.

— Eu tô bem. Só um pouco enjoado.

Ela revirou os olhos. Aquele assunto não estava encerrado ainda.

— Você tomou alguma coisa? Algum remédio?

Parecia que, além de bobo, ele também era teimoso.

— Ah, Teo! Você tem que tomar alguma coisa pra melhorar! Se for esperar melhorar sozinho, vai levar três dias!

Ele colocou um braço debaixo da cabeça e o outro sobre o próprio estômago.

— Eu tomei. Eu tomei.

— E o que você tomou, posso saber? — Ela pôs uma mão na cintura.

— Como era mesmo o nome daquilo, Louis?

— Sal de *fruts* — o francês respondeu.

Já era alguma coisa. Line se aproximou novamente da cama e se sentou ao lado dele, falando-lhe carinhosamente:

— Que bom que você tomou alguma coisa, mas sal de frutas é um paliativo. Você se alimentou hoje?

Teo tinha os olhos nervosos. Ele não sabia mentir.

— Comi um pouquinho de macarrão que o pessoal preparou aí...

— E isso tem quanto tempo?

— Hum, deve *ter* umas seis *horras* já, ou mais — falou Pierre. Os outros três o encararam, e, sem entender nada, ele apenas levantou os braços, em sinal de rendição.

— *Amour*, acho que está na *horra* da gente se arrumar e sair.

Line olhou para Teo para que ele entendesse que aquela conversa não tinha terminado ainda, e ele apenas sorriu de lado. Em seguida, virou-se para os outros dois:

— Vocês vão sair?

— Ahh, é sábado, estamos no Rio de Janeiro. Temos que sair, né?

A garota riu.

— Tem razão. Para onde vocês vão? — Ela puxou Teo pela mão e o empurrou para fora do quarto, dando espaço para os outros dois se arrumarem.

— Acho que vamos pra Lapa — um deles respondeu. Os dois falavam de forma parecida, e, não estando na presença deles, era difícil distinguir quem estava falando.

— Mas *primeirro* vamos comer alguma coisa aqui embaixo — disse o outro.

Line pensou que os dois franceses também eram muito, muito bonitos. Era difícil para ela frequentar uma casa com quatro rapazes, ainda mais sendo todos eles tão gatos. Cada vez mais ela tinha vontade de ir para Brasília, conhecer a fonte de tanta gente linda.

Line riu do próprio pensamento.

— Algum lugar específico na Lapa? — ela gritou para eles, sentando-se no sofá da sala.

— *Non*. Você recomenda algum especial?

Ela pensou e pensou. Tinha várias recomendações que o pessoal do hotel costumava dar para os hóspedes.

— Depende do que vocês gostam. A Lapa tem várias opções de música ao vivo, para todos os gostos. Tem restaurantes também, sinuca, sambinha, muita gente pela rua.

Louis apareceu na porta do quarto segurando uma camisa vermelha sobre o próprio peito e outra, verde, num cabide, pedindo a opinião dos dois. Ambas as camisas eram polo e de tons suaves. Line apontou para a verde e Teo para a vermelha. Ela olhou para ele e lhe mostrou a língua, ao que ele respondeu com uma expressão de ofendido. Louis se deu por satisfeito com a opinião dela e lhe deu uma piscadinha, como se fossem amigos confidentes.

Dez minutos depois, os dois estavam prontos e perfumados na sala.

— Uau! Vocês estão de arrasar! — ela comentou. Estavam mesmo.

— Ahhh, *merci*, Line. — Louis soprou-lhe um beijinho. Line gostava bastante dos dois.

— E vocês? *Non* vão sair? — Pierre pegava a carteira e o celular, certificando-se de ter consigo tudo de que precisava.

Teo olhou esperançoso para Line, deixando a ela a responsabilidade de responder.

— Não. Acho que não. Vamos ficar por aqui, pelo menos por enquanto.

Ela olhou para ele quando falou, e viu alívio nos olhos de Teo.

— Bom, se *mudarrem* de ideia, aqui está o meu *numerrô* — Louis pegou um papel e uma caneta e anotou ali seu telefone. — *Estarremos* na Lapa e *ficarríamos* felizes se vocês se juntassem à gente.

— Tudo bem. Divirtam-se! — Teo acenou para eles.

Line aproximou-se dos dois e lhes deu um abraço. Em seguida, os franceses saíram do apartamento, deixando o casal sozinho.

Finalmente.

capítulo 24

—Tem certeza de que não quer sair? — ele perguntou, tão logo os outros dois sumiram porta afora.

Line hesitou.

— Você quer?

Teo se moveu no sofá, acomodando-se melhor.

— Na verdade, não.

— Eu também não — respondeu ela, aliviada.

— Que bom.

— Mas, então, o que você quer fazer?

— Ah, quero ficar por aqui mesmo, relaxar, ficar contigo.

Line aproximou-se dele e se aconchegou ao seu lado.

— Eu também quero isso.

É claro que, na sua cabeça, mil possibilidades rodavam, como numa roleta de opções. Finalmente estavam sozinhos no apê, mas Line não sabia por quanto tempo. A qualquer momento um dos outros rapazes podia aparecer. Enquanto isso não acontecia, podiam aproveitar para fazer um sexo frenético, diversas vezes seguidas, só para aproveitar a oportunidade.

Mas... era isso mesmo que ela queria?

Não.

Podia até ser que rolasse alguma coisa naquela noite, sim, mas ela não queria fazer nada apenas por fazer, só porque tiveram a chance. Queria fazer porque queria, porque os dois tinham vontade, e não ficar agindo como adolescentes, que mal podem esperar pelo apê vazio para agir feito dois cães no cio, transando como dois animais.

Honestamente, ela não tinha mais paciência para isso. Nem idade para agir assim. Os dois eram adultos, não precisavam dessa agonia toda.

— Quer assistir um filme?

Teo mostrou-se interessado.

— Mas a TV não é a cabo, e a programação aberta é uma porcaria.

— Eu tenho um aqui.

Ele a olhou com interesse.

— É mesmo?

— Sim. Um hóspede deixou um pendrive esta semana lá no hotel, e tinha três filmes. Não sei quais são, nem do que se trata, mas a gente pode escolher o que tiver o nome mais legal e assistir. Que tal?

— Parece ótimo!

Ela se levantou para pegar o pendrive na bolsa.

— Com uma condição... — avisou ela.

Teo zapeava pelos canais da televisão, buscando, em vão, encontrar alguma coisa interessante. Invariavelmente parava no canal de surfe, que, apesar de exibir muita reprise, tinha a melhor programação.

— Você precisa comer alguma coisa antes.

Line sabia que corria o risco de estar bancando a chata, mas Teo precisava se cuidar melhor.

Ele fez um muxoxo.

— Eu não consigo, tô enjoado ainda. Mal consegui comer aquele macarrão que o pessoal fez no almoço. Comi só um negocinho assim... — Representou uma medida com as mãos, demonstrando uma porção não muito maior que uma maçã.

— Teo, eu sei que você ainda está enjoado, mas isso faz parte. É o seu estômago devolvendo o suco gástrico porque não tem nada ali para formar bolo, e o seu rim rejeitando todo o álcool que você ingeriu e não está conseguindo processar. É por isso que você precisa comer alguma coisa, pra combater essa sensação e melhorar sua condição física.

Line ouviu-se falar, achando-se a maior expert no assunto. Nem mesmo sua mãe daria um sermão melhor. Na verdade, ela não tinha a menor ideia do que estava falando, só precisava convencer o outro a voltar a comer.

Com certeza agora ele vai me achar a garota mais mala do mundo!

Mas tudo isso era uma forma de demonstrar preocupação e carinho por ele, poxa vida. Seria tão difícil assim ele entender isso?

— Eu sei, eu sei...

O rapaz parecia travar uma batalha consigo mesmo.

— E então? — Ela o encarava, esperando que ele tomasse uma iniciativa.

Ele a olhou, confuso.

— Então o quê?

— Sei lá, Teo. Você quer que eu vá na farmácia e compre um remédio pra você?

— Não, não. Nada de remédio, chega. Eu tô bem.

Era preciso ter muita paciência para conversar com alguém tão teimoso.

— Tudo bem, nada de remédio. Então você precisa comer.

Por que ela insistia tanto no assunto? Não era melhor deixar que ele mesmo cuidasse de si? Afinal, era adulto; se estava viajando sozinho por aquela cidade, era porque sabia das coisas das quais precisava ou não. Por que ela tinha de se meter?

Teo levantou-se do sofá, vencido.

— Tá bom. Tá bom. O que você quer?

Aquela súbita mudança de humor a pegou de surpresa.

— Como assim o que eu quero?

Teo movimentava-se rápido, colocando a carteira e o celular no bolso.

— Você quer comer alguma coisa na rua? A gente vai. Eu tenho trinta reais, mas deve dar pra alguma coisa nesta cidade cara.

Por que ele está agindo assim?

— Não, Teo. Eu não estou com fome. É você quem precisa comer.

Por que era tão difícil para ele entender isso?

— Eu já disse: não consigo. Ainda tô enjoado.

Ele é muito teimoso, meu Deus!

— Na boa, Teo. Nunca vi ninguém se negligenciar tanto.

O rapaz parou o movimento no meio.

— A gente não precisa comer na rua, você pode comer aqui mesmo — ela continuou. — E não tô falando pra você devorar uma lasanha inteira, mas sim para apenas colocar alguma coisa pra dentro, pro seu corpo ter algum nutriente de onde tirar energia.

Como ele não falava nada, ela simplesmente continuou:

— Está óbvio que o seu metabolismo é muito rápido e o seu corpo consome todos os nutrientes em um minuto. Ficar esse tempo todo sem ingerir nada só causa mal a você mesmo.

Ela não sabia como tinha se tornado uma especialista nesse papo todo de nutrição. Possivelmente todo o conhecimento provinha das conversas na hora das refeições com os chefs e ajudantes de cozinha do hotel.

Teo se deu por vencido.

— É engraçado que quando estou em casa eu me alimento direito.

— É mesmo?

— É. Meu pai é muito chato com esse negócio de comida, sempre fazendo a gente comer direitinho e tal.

— Ele tem toda a razão.

— E eu sempre ando com alguma comida na mochila, uma fruta, algo assim.

— E por que você não faz a mesma coisa aqui no Rio?

Ele deu de ombros.

— Sei lá.

Line sabia. Porque ele estava de férias, e quem está de férias tende a chutar o balde com relação a tudo: dieta, responsabilidades, compromissos, amores.

— Teo, não pode ser assim, não.

— Você sabe que eu perdi seis quilos desde que cheguei aqui?

Uau!

— Caramba, gatinho! Isso é muito!

Ele se sentou à mesa da sala.

— Eu sei. Tô muito magro.

Line aquiesceu. Não queria brigar, nem queria ter razão. Queria apenas que ele se cuidasse e se alimentasse, para que a sensação de enjoo fosse logo embora e, com sorte, ainda naquela noite ele se sentisse melhor, ou pelo menos no dia seguinte, para que eles pudessem fazer alguma coisa.

Alguma coisa.

— Você quer que eu cozinhe algo pra ti? — ela ofereceu.

— Não, pode deixar. Eu mesmo faço.

— Tá bem. Vá lá preparar teu lanche enquanto eu coloco o filme.

Teo foi em direção à cozinha e Line ainda ficou um tempo sentada no sofá, refletindo sobre a conversa que tiveram. Teria ela sido dura demais?

Levantou-se e buscou o pendrive na bolsa. Teve alguma dificuldade para colocá-lo na entrada USB da televisão e para selecionar o arquivo certo. Quando tudo estava pronto, deixou a televisão a postos, aguardando que Teo voltasse.

Alguns minutos depois ele retornou à sala, trazendo um copo de leite com Ovomaltine e um prato. Line segurou o riso. Aquilo não era alimentação. E, pior: leite era o alimento menos indicado para o estado em que o rapaz estava. Mesmo assim, ela não fez nenhum comentário. Já estava bom demais que ele tivesse aceitado se alimentar, ela não precisava ficar criticando o que ele escolhera comer. Além do mais, o apartamento não tinha uma variedade de alimentos nutritivos pós-ressaca.

Ela se levantou e se sentou à mesa junto dele, movida pela curiosidade.

No prato estava um tomate cujas sementes haviam sido retiradas. No buraco que ficara, uma poça de azeite era o recheio. Uma fatia de pão integral com um ovo frito em cima integrava o resto do prato principal. Ao lado havia outro prato menor, um pirex. Ela não tinha reparado nesse outro antes, mas ali havia uma banana amassada com aveia.

Era uma mistureba de coisas, com pouca proteína e carboidrato, mas bastante gordura boa. Não era uma refeição adequada, mas ele escolhera comer aquilo e ela o apoiaria.

— Parece bom — ela comentou.

Teo parecia um pouco melhor agora que ia comer. Ou ao menos se esforçava em parecer.

— Quer um pouco? — ele ofereceu.

— Não, não, meu rei. Coma você. Eu tô bem.

Ele fechou a fatia de pão em torno do ovo e deu uma mordida grande, fazendo sumir quase metade do sanduíche.

— Coloco o filme?

O rapaz fez que sim com a cabeça. Ele gostava de cinema.

— Qual você quer ver?

Ele virou a cabeça e leu as opções de nomes que apareciam na tela. Line leu-os em voz alta e, após algumas deliberações, os dois decidiram que *O experimento Goebbels* era o nome que soava mais interessante.

Line apertou play e se sentou no sofá, deixando Teo à vontade para comer na velocidade que quisesse.

Por mais que tivessem discutido um pouco para que Teo entendesse que precisava comer, Line gostava de ficar assim com ele, em casa, num sábado à noite, curtindo um filme inteligente na televisão, fazendo o jantar em casa com os ingredientes disponíveis na cozinha. Era o tipo de programa que os casais normais fazem, sem se preocupar com coisas elaboradas, grandiosas, envolvendo muita gente e muita grana.

Porque na vida, afinal de contas, são os momentos simples que contam.

Acabou que o tal filme na verdade era um documentário alemão, com uma hora de duração, sobre o tal Goebbels e sua experiência ao lado de Hitler e da SS. Abordava toda a Primeira Guerra Mundial e parte da Segunda, vez por outra sendo interrompido por narrações do próprio Goebbels, lendo seu diário, com suas impressões sobre os acontecimentos da época.

Um assunto pesado demais para aquela noite.

Line desconfiou que nem ela nem ele pareciam estar curtindo o filme, mas nenhum dos dois falou nada e ela ficou com preguiça de mudar de opção.

Talvez, no fundo, os dois quisessem apenas olhar para a televisão, independentemente do que estivesse passando, desde que fosse algo diferente da programação do canal de surfe.

Teo passou quase a metade do filme à mesa, comendo devagar cada uma das coisas que preparava. Por fim, Line reparou, ele deixara o tomate inteiro e um terço do copo, mas ela não falou nada. Ele não aguentava comer demais, e já estava muito bom que tivesse engolido boa parte do que levara à mesa.

Quando se deu por satisfeito, ele veio em busca de Line. Deitou-se no sofá, na frente dela, que estava sentada de pernas cruzadas, e ficou ali, vendo o filme.

Line o adorava cada vez mais. Aproximou-se dele e ficou a fazer-lhe carinho pelo braço, para cima e para baixo, de vez em quando lhe dando pequenos beijinhos no ombro. Tal como ele fizera quando os dois haviam ido ao cinema juntos, séculos atrás.

capítulo 25

— Que filme louco! — Teo comentou, quando o documentário finalmente terminou.

— Muita viagem, né?

— No começo eu achei que ele fosse judeu!

— Eu também!

Os dois riram. Line desconfiava de que, sinceramente, os dois queriam dizer que o filme era chato.

Sem contar que, tendo dormido apenas três horas naquela manhã, Line se segurara o tempo todo para não pegar no sono durante o filme.

Ela desconfiava de que Teo tivesse feito o mesmo esforço.

— Você quer ver outro? — ele perguntou.

— Sabe o que eu quero mesmo? — disse ela, se insinuando, só para ver se o rapaz acompanhava sua linha de raciocínio.

Ele acompanhou.

— O quê? — Teo sorriu com malícia, já colocando a mão por trás, nas costas dela.

— Terminar aquela nossa conversinha de antes...

Line colou o corpo ao de Teo, passando o braço direito por cima do ombro dele, massageando sua cabeça.

— Ah, é? — Ele se divertia.

— Aham.

Sem esperar por mais diálogo, Line tapou a boca dele com a própria boca, selando o fim da conversa com um beijo cheio de ardor. Sua língua explorava a boca dele, de um lado para o outro, causando-lhe arrepios. Ou talvez fosse ele a fazer isso nela, tamanha a sintonia entre ambos.

A garota sabia que, por mais que o rapaz demonstrasse um claro interesse por ela, deveria estar cansado, esgotado. Afinal, ainda se recuperava de uma ressaca que começara poucas horas antes, quando ele acordara. Por mais que ele estivesse bem para ver televisão e ficar ali, acordado, se ela queria que algo rolasse entre os dois, teria de fazer a maior parte do esforço.

Sem problemas.

Line sentiu quando a mão dele subiu de sua cintura até a altura de seu peito, buscando seu seio. Ela facilitou o caminho, encolhendo os braços. O toque da mão dele era intenso, sem ser ansioso, e ela arqueou as costas numa reação involuntária ao gesto.

Com o caminho livre, Teo aproximou a boca do seio direito de Line e circulou o colo dela com beijos, enquanto a mão liberava mais espaço, puxando a alça do vestido dela. Depois disso, foi fácil ajeitar parte do sutiã da garota para baixo e então libertar o seio dela, e foi o que ele fez.

Line passava os dedos gulosos pelos cabelos de Teo.

— Você tinha que ter um cabelo maior — ela brincou, ao passo que seu corpo seguia o mesmo ritmo do dele, dançando para cima e para baixo. — Preciso de alguma coisa para pegar! — Esta última parte saiu como o pedido de uma criancinha, e ela chegou a fazer beicinho. Teo, ao ver o rosto dela daquele jeito, riu com malícia.

— Eu tinha o cabelo maior antes.

— Ah, é mesmo?

— Sim. Cortei antes de viajar. Passei máquina zero.

Uau! Então cresceu pra caramba enquanto você esteve fora!

Teo voltou a lamber e a chupar o seio dela, e Line deixou pra lá aquela ideia. Não queria pensar em mais nada, queria apenas sentir.

As mãos da jovem trabalhavam rápido, para cima e para baixo, puxando o cabelo dele e arranhando suas costas. Ela sabia que os homens gostavam desse tipo de coisa e apenas desejou não ter cortado as unhas tão recentemente. Queria deixar um estrago maior no corpo do amado.

Seu corpo ansiava pelo dele com sofreguidão, e Line percebeu que deveria tomar as rédeas da situação.

Sem esperar, ela moveu o corpo para cima do dele, pegando-o de surpresa.

No topo, buscou ambos os braços dele e os prendeu com as próprias mãos acima da cabeça de Teo. Queria brincar um pouco e descobrir até que ponto ele gostava desse tipo de brincadeirinha.

Afinal, ainda estavam se conhecendo, e Line queria muito saber das preferências dele.

Ainda bem que ela estava de vestido, pois a peça facilitava as provocações.

Com a boca, Line virou o rosto de Teo para o lado, buscando sua orelha, e começou a lambê-la e a chupá-la. Ela viu que o corpo dele se encolheu imediatamente. Achou que aquilo era um bom sinal, e começou a fazer o mesmo no pescoço dele, alternando ambas as ações, até que Teo começou a querer lutar contra.

Divertindo-se com a novidade, Line decidiu que não o deixaria combater seu ataque. Ela estava no comando e faria o que quisesse com ele.

Até que ele finalmente disse:

— Está fazendo cócegas...

A voz dele saíra fraca, quase falhada, como se receasse magoá-la.

Oooops! Bola fora!

Tudo bem. Lamber e morder orelha estavam fora da lista.

Não tinha problema, havia todo um corpo a ser explorado, e Line não se deixou abalar.

Aproveitando o início da conversa, ela quis saber se ele era do tipo que gostava de falar durante o ato.

— O que você quer? — perguntou ela, os olhos famintos cheios de expectativa cravados no rosto dele.

Teo demorou alguns segundos para responder. Talvez tivesse levado um tempo para se dar conta de que ela conversava com ele.

— Quero você.

Ela estava satisfeita consigo mesma por estimular aquela conversa.

— E como você quer isso?

O tom rouco que saiu de sua garganta indicava que ela também estava se consumindo de desejo, e queria o quanto antes saciar aquela sede.

— Quero transar contigo.

Teo dissera isso quase envergonhado, virando o rosto para o lado esquerdo e sorrindo como um bobo. Aquilo pegara a garota desprevenida. Teria sido apenas impressão ou ele se sentia encabulado por conversar a respeito?

Se fosse o segundo caso, ela morreria de amor naquele mesmo instante. Teo parecia uma criança indefesa, com o rosto virado, e Line teve de ter muita força de vontade para se concentrar no que tentava fazer com ele, em vez de largar tudo (como de fato quis, naquele instante) e abraçá-lo forte, embalá-lo no seu colo e enchê-lo de beijos, dizendo que o amava.

Que o amava?

Foco!

— E como você quer isso? — perguntou ela, como se o estimulasse, na tentativa de que aquele ardor não terminasse.

— Quero você por cima.

Ela gostou de ouvir aquilo.

Gostava de estar no controle da situação, não era nenhuma falsa puritana que bancava a donzela pura dentro de quatro paredes. Tinha suas preferências, e, por mais que o babaca do ex não se preocupasse em lhe agradar, ainda assim, durante o tempo que ficaram juntos, ela descobrira algumas coisinhas das quais gostava.

E aquilo era exatamente o que ela tinha em mente, até porque era uma posição confortável para ele, jogando a maior parte do esforço para ela. Afinal, Teo ainda estava cansado da noite anterior.

Line decidiu que, por ora, bastava de conversa. Era hora de um pouco de ação.

Soltou-lhe as mãos para dar maior liberdade a ambos, e o rapaz imediatamente colocou as dele na cintura dela, apertando-a com força, num gesto de aprovação ao que ela tinha em mente.

O quadril de Line começou a se movimentar para cima e para baixo, roçando no ventre de Teo para estimulá-lo. Não demorou muito para achar o que procurava, ou melhor, sentir. Teo se estimulava fácil, e seu membro já estava rígido e pronto para começar o trabalho.

Ela continuou ali, dançando, rebolando em cima dele. Gostava da forma como seus corpos se desejavam e se buscavam, conscientes de suas necessidades. Não era sexo pelo sexo apenas, como a maior parte dos jovens faz. Não. O que havia entre eles era especial, e o ato carnal era apenas uma consequência, uma etapa natural no relacionamento entre homem e mulher.

Ela já estava bastante excitada, e sentia que já não poderia esperar muito mais. O calor que fazia naquele cômodo (seria apenas o verão ou a temperatura do seu corpo subira alguns graus?) a impulsionava a tirar o vestido. Queria tirar a roupa dele também, libertá-lo, deixar ambos os corpos nus para que começasse ali um novo diálogo, no qual a linguagem universal do mundo, e a mais antiga, fosse estabelecida.

De repente, Line sentiu falta de alguma coisa.

Epa!

Levou um tempinho para perceber o que tinha acontecido.

De repente, o membro de Teo já não estava mais rígido.

Aahhhh...

O peito de Line subiu e desceu vagarosamente, acompanhando a entrada e saída de ar dos seus pulmões. Não adiantava.

No fundo, no fundo, ela tinha de admitir que sabia que existia grande chance de aquilo acontecer. Desde que chegara ao apê, naquele dia, Teo dava indícios de não ter se recuperado cem por cento da noite anterior, e, por mais que ela tivesse assumido para si todo o esforço, sabia que, no fim das contas, era necessária a colaboração de ambos.

— Depende mais de mim do que de você — disse ele.

Era ridículo pensar que ele não teria reparado. Claro que reparara.

— Eu sei. — O canto dos lábios dela se curvou para cima com doçura, e seus olhos disseram "tudo bem".

Na verdade, ela queria dizer que estava tudo bem mesmo, que não tinha importância. Ela entendia e não se incomodava. Sabia que, apesar de ter dormido algumas horas e se alimentado há pouco tempo, uma ressaca não se cura assim, por mágica. Queria dizer que sabia que ele também a desejava, tanto quanto ela a ele, e que não estava ofendida por aquilo ter acontecido.

Mas não disse nada.

Line apenas ajeitou a alça do vestido, colocando o seio para dentro da roupa novamente, e deu um beijo terno nos lábios do amado, aninhando-se ao seu lado em seguida.

No final, tudo ficaria bem. Eles ainda tinham três dias inteiros para isso, e Line colocou na sua agenda mental que no dia seguinte, tão logo ele levasse a mala dele para o seu quarto no hotel, ela o trancaria e jogaria a chave fora, só para se certificar de que ele ficaria pelo menos vinte e quatro horas junto com ela, fazendo tudo o que queriam fazer e que nem sequer tinham começado.

Tudo ficaria bem no dia seguinte.

Line olhou para o relógio que aparecia quando se mudava de canal na televisão e viu que já passava da meia-noite. Ela teria de estar no trabalho às oito no dia seguinte, então não poderia ficar muito mais tempo.

— Eu tenho que ir daqui a pouco.

Falou baixinho, com medo de que aquelas palavras quebrassem a fantasia daquela noite. Estava tão bom ficar ali com ele, sem fazer nada, apenas curtindo sua companhia...

Não pela última vez naquela semana, ela odiou o fato de ter de trabalhar no dia seguinte. Queria estar de férias, como ele, junto com ele.

— Entendo.

Teo deitou-se de costas no sofá e a olhou nos olhos. Line não gostava do que via. Tinha a impressão de que ele queria dizer alguma coisa, algo importante, e que estava escolhendo as palavras.

Na linguagem universal dos casais, aquilo não era um bom sinal.

— A gente precisa conversar.

Pronto.

Era isso que ela temia. A tal "conversa".

Line não queria "conversas". Não queria assuntos sérios, discutir relação nem despedidas. Evitava a todo custo pensar que dali a uns dias ele iria embora e teriam de falar sobre esses temas.

Mas ela era adulta e teria de agir como tal. Então, endireitou os ombros e falou:

— Tudo bem.

E rezou internamente para que não fosse nada de ruim.

Imediatamente todos os pensamentos idiotas da noite anterior a invadiram, com a vantagem de que agora ela podia descartar a hipótese de ele ser casado ou ter namorada. Mas ele podia gostar de alguém em Brasília. Ou ter um filho. Ou já ter sido casado. Ou ser gay. Ou ter se descoberto gay durante a viagem. Ou ter uma doença grave. Ou...

Ah, pelamor de Deus, pare! Você sabe muito bem que nada disso faz sentido! Pare de se atormentar!

Line esperou que ele tomasse tempo para lhe dizer o que precisava ser dito.

Foram os dois segundos mais longos de todo o universo.

— Eu vou embora amanhã.

De repente, era como se o chão tivesse sumido. Junto com as paredes, com a televisão, com todo o apartamento. Line sentiu-se tonta, tudo começou a rodar. Quis dizer algo, mas não conseguiu. A voz ficou em algum lugar longe dali. Chegou mesmo a abrir a boca, mas nada vinha.

Teo ficou deitado, analisando cada expressão do rosto dela. Estava preocupado, pronto para contra-argumentar qualquer coisa que fosse necessária.

Line abaixou a cabeça, e, quando a levantou novamente, pronta para dizer alguma coisa, a porta do apartamento se abriu, e Louis e Pierre entraram por ela.

— Ih, gente! Que casalzinho mais desanimado! — provocou o último.

Line ainda olhava para Teo em silêncio, e ele lhe devolvia a expressão com a mesma intensidade.

— Vocês realmente *non querrem* sair, *non*? Estamos indo *parra* a Lapa *agorra* — falou Louis, passando por eles e indo em direção ao quarto.

Aparentemente nenhum dos visitantes havia percebido o clima entre o jovem casal, ou pelo menos fingiram não perceber.

— Voltamos apenas *parra* pegar mais *dinheirro*. Os caixas eletrônicos aqui fecham cedo demais!

Line não se importava. Queria que a Lapa, os caixas eletrônicos e todos os franceses do mundo explodissem!

— Line...

Teo sussurrou seu nome tão baixinho, mas tão baixinho, que apenas ela poderia ouvir.

E isso fez com que uma rachadura enorme partisse seu coração, de ponta a ponta.

— Eu preciso ir embora.

Foi tudo o que ela conseguiu dizer.

Não conseguiria lidar com aquilo. Não com aquilo.

Mesmo dali a três dias, como ela esperava que acontecesse, ela não conseguiria lidar com a situação, mas pelo menos estava se programando para que aquilo acontecesse. Mas agora, assim, ali, de repente, era demais para ela.

Line se levantou do sofá subitamente e arrancou o pendrive da televisão, sem nem mesmo se dar ao trabalho de retirá-lo corretamente. Em seguida, jogou-o na bolsa e a fechou com força.

Estava com raiva. Com muita raiva.

— Line...

A garota foi na direção dos franceses e se despediu de ambos.

— Mas já vai? — Pierre parecia confuso, sem entender o que estava acontecendo.

— Pois é, eu preciso trabalhar amanhã cedo...

Precisava sair dali. De repente aquele apartamento começou a sufocá-la. Não aguentava mais ficar ali, precisava sair e respirar.

— Ah, que pena! Você trabalha domingo? — Louis parecia realmente chateado com aquilo, mas ela também não se importava. Não tinha ânimo sequer para ser simpática. Era como se a felicidade deles e o fato de serem um casal, estarem de férias juntos e, em breve, voltarem para a mesma cidade, juntos, onde permaneceriam juntos e felizes, a irritassem.

Toda a felicidade do mundo a irritava naquele momento.

Todos os casais felizes do mundo a irritavam.

Line sentia-se completamente só.

— É, eu não escolho isso. Trabalho quando me chamam.

Não queria mais enrolar o assunto. Talvez estivesse sendo grosseira, mas não aguentava mais ficar ali.

— Oh, nos vemos amanhã, *enton* — disse Louis, aparentando sinceridade, mas Line queria que ele desaparecesse.

Até porque os dois tinham escolhido o pior momento do mundo para voltar ao apartamento.

Covarde que era, Line não conseguia encarar Teo, tampouco se despedir.

Ainda temos amanhã.

— Tchau, Teo — despediu-se, de longe, sem mal olhar para ele, e foi em direção à porta.

Não queria. Não conseguia.

Tentou fechar a porta atrás de si, mas algo a impediu.

Teo viera atrás dela.

De novo.

Seu coração afundou dentro do peito. Era a segunda vez em menos de vinte e quatro horas que ele ia atrás dela.

Por que, então, ela cismava em fugir dele?

capítulo 26

— Line, não fique assim...

— Teo, por favor...

— Eu preciso ir embora. Você precisa entender.

Ela entendia. Mas não queria que fosse desse jeito.

— Por que você vai embora amanhã, Teo? Por quê?

— Eu preciso ir. Já fiquei tempo demais nesta cidade, mais do que deveria.

Ela sabia.

— Eu sei que você ama isto aqui, mas pra mim já deu.

Ela não amava o Rio de Janeiro. Não que ela soubesse. Ou talvez sim, amasse, só precisava que alguém de fora a visse falar da cidade para ter certeza disso.

— Eu fiquei mais tempo por sua causa, Line. E por você eu voltaria pra cá. Mas agora eu preciso ir.

Não. Ela não queria que ele voltasse, queria que ficasse. Que simplesmente ficasse.

Era pedir demais?

— Mas e tudo o que você disse, Teo? Você não ia para o hotel comigo amanhã?

— Eu sei, mas eu não tenho mais dinheiro, Line! Você precisa entender!

Então era isso.

— Mas você não ia precisar de dinheiro, Teo. Você sabe disso.

— Como não? Não vou precisar comer? Me locomover?

Só agora a jovem percebera que ele segurava sua mão enquanto falava.

Era difícil para ela raciocinar e perceber as coisas que aconteciam ao seu redor.

— Não, você sabe que não. Eu te ofereci ficar uma semana no hotel comigo e disse que você teria tudo lá: hospedagem, alimentação, lavanderia. Não ia precisar se preocupar com nada!

— Não sabia... — ele falou baixinho, para si mesmo.

Ah, porra! Claro que sabia!

— Claro que sabia, Teo! Eu te falei tudo isso! Era por essa razão que nós estávamos tão ansiosos para que chegasse domingo, porque você iria para o hotel comigo e pararia de ter despesas por aqui.

— Eu sei. Não, não sei. Line, para! — Ele passou as mãos pelos cabelos, exasperado.

Line virou o rosto, olhando para o chão, fazendo uma contagem mental para conter a própria raiva.

— Line, escuta! — Teo segurou as duas mãos dela, de modo que a garota não tivesse outra opção senão voltar o rosto para ele e encará-lo. Line reuniu toda a coragem que não sabia ter para fazê-lo. — Eu tenho trinta reais no meu bolso agora, talvez nem isso! Estou devendo trezentos e cinquenta reais para o Canutto só por esses dias que fiquei aqui no apê. Mas eu não me arrependo de nada, porque pude ficar esses dias com você. Tudo isso faz parte.

Não! Não! Não!

— Eu briguei com o Canutto por causa disso hoje e não tenho mais como pedir dinheiro a ele. Não é certo que ele venha para cá de férias e eu fique gastando o dinheiro dele para bancar minha própria viagem.

Ela sabia que ele tinha razão, pelo menos nessa questão. Mas, poxa vida, não é para isso que os amigos servem? Se fosse ela no lugar dele, dividiria seu arroz com feijão pela metade todos os dias, de bom grado, só para manter a companhia dele até o fim da viagem. Qual a graça de ser feliz sozinho?

— Assim que eu chegar em Brasília, a primeira coisa que preciso fazer é depositar a grana pra ele, e nem mesmo lá eu tenho esse dinheiro!

Não era possível que aquilo estivesse acontecendo.

— Daí eu liguei pros meus pais e acabei brigando com eles também. Meu pai ficou puto comigo porque pedi dinheiro pra minha mãe, e ele tem razão. Eu não deveria ficar mais se não tenho como me manter aqui.

É claro que aquilo fazia sentido. Para qualquer pessoa normal, aquele era o pensamento lógico.

Só que Line se oferecera para ajudá-lo, e agora ele recusava.

— Daí eu já tinha brigado com todo mundo hoje e tava puto, peguei o computador e comprei a passagem, assim ninguém mais precisava ficar me cobrando nada! E ainda tive que comprar no cartão de crédito do Canutto, porque nem comprar a passagem sozinho eu conseguiria!

Aquilo tudo estava sendo demais para ela.

— Mas você disse que ia para o hotel comigo. Disse que ia ficar uma semana comigo lá...

— Eu sei, gata. Mas eu não tenho como...

— Eu fiquei o dia inteiro lá arrumando as coisas pra você, fazendo faxina, organizando as coisas pra que você aproveitasse ao máximo sua estadia lá. Ofereci hospedagem, alimentação, roupa limpa, tudo de graça. Deixei tudo pronto e agora você diz que não vai mais...

Ela não falava, despejava as palavras. Tentava se conter para não falar alguma besteira. Sentia que a represa estava prestes a estourar e não queria dizer qualquer coisa da qual pudesse se arrepender depois.

— Eu sei disso, Line, mas eu não tenho mais grana!

Cheguei até a conseguir um emprego para ele para que pudesse ficar aqui até o Carnaval...

— Para você é fácil dizer isso. Não ficou o dia inteiro fazendo faxina.

Aquele era o argumento mais absurdo que encontrara. Estava agindo como uma criança, mas não conseguia evitar.

Line precisava se afastar para raciocinar melhor. Enquanto estivesse ali, corria o risco de estragar tudo, mandando-o para o quinto dos infernos.

E tudo porque sentia muita raiva naquele momento. Não só de Teo, mas de tudo e de todos.

Principalmente, tinha raiva de toda aquela situação.

— Ontem você disse que ia embora na terça!

— Eu sei. Mas as coisas mudaram hoje, eu briguei com todo mundo e vi que era melhor eu ir embora logo, antes de estragar a minha amizade com o Canutto.

Então ele ia embora por causa dele? Quer dizer, ele ia embora para salvar a amizade com o outro, e não ficaria para manter a relação com ela?

Balançou a cabeça, afastando a ideia surreal. Os pensamentos estavam tomando caminhos tortuosos e levando-a a conclusões infundadas, e ela receava quando isso acontecia, porque geralmente se dava mal.

— Por que você esperou até agora para me contar?

— Eu só comprei a passagem hoje!

Apesar de estarem discutindo, eles não gritavam. Felizmente ninguém apareceu no corredor para interrompê-los, e os franceses tiveram o bom senso de não sair do apartamento.

Também, se saíssem, Line garantiria que aquela seria a última vez que colocariam os pés para fora de casa.

— Não! Você teve a noite inteira pra me contar. Por que não me contou antes? Por que deixou que a gente ficasse vendo filme em vez de...

— Line, eu quis te contar, mas não sabia que você reagiria assim.

Nem ela sabia disso.

— Você esperou eu dizer que tinha que ir embora pra jogar essa bomba na minha cabeça!

— Line, para.

— Tem razão. Preciso parar. Preciso ir embora. Não consigo lidar com isso agora.

Precisava mesmo. Já era quase uma da manhã e ela precisava trabalhar no dia seguinte.

— Que horas você trabalha amanhã?

Ela inspirou e expirou bem devagar. Amanhã. Amanhã, depois do trabalho, ela estaria melhor para conversar com ele. Tudo ficaria bem.

— Das oito às duas.

— Então às duas eu te ligo.

Line não percebera, mas durante toda a última parte da conversa mantivera a cabeça baixa, os olhos pregados no chão.

— Tá.

— A gente se fala amanhã, então.

Ele puxou o queixo dela para cima e lhe deu um selinho.

— Tá. Tchau.

Com o coração apertado, envolto num mar de sentimentos confusos, Line se afastou e foi em direção ao elevador. Chegou a voltar dois passos. Quis ir atrás de Teo correndo, jogar-se em seus braços, pedir desculpas e dizer que nada daquilo importava, que ia ligar para o hotel e avisar que estava se sentindo mal e não poderia trabalhar no dia seguinte, apenas para que os dois pudessem passar a última noite juntos.

Ela conseguiu ver o momento em que Teo, ainda parado na mesma posição, abaixou a cabeça, passou a mão no rosto e, ainda de cabeça baixa, voltou e abriu a porta do apartamento, sumindo do corredor.

Line, por sua vez, entrou no elevador, sentindo que aquela grande caixa metálica não apenas a levava para baixo, para o térreo, mas a levava ao fundo do poço, que parecia mesmo ser o seu lugar.

capítulo 27

*P*assava da uma da manhã quando Line deixou o prédio da rua Santa Clara. O porteiro já a conhecia e lhe desejou boa-noite, ao que ela nem sequer respondeu. Estava transtornada, precisava de ar puro.

Caminhou até o ponto de ônibus sabendo que era tarde para uma garota andar sozinha por aí, mas era sábado, as ruas estavam repletas de jovens aventureiros em busca de novas paixões. Fez sinal para o primeiro coletivo que passou e subiu rapidamente. Sabia que, dessa vez, Teo não viria atrás dela.

Abriu todas as janelas ao seu redor e limpou a mente. Não queria que os outros passageiros a achassem maluca. Ficou olhando a paisagem com olhos vazios, sem ver nada em específico. Observou a quantidade de turistas que perambulavam pelas ruas, e imaginou quantos deles se apaixonariam naquela noite. Esperou, para a própria sorte deles, que não se machucassem tanto quanto ela.

Como de praxe, o ônibus voou pela avenida Nossa Senhora de Copacabana, e em dez minutos a jovem saltou no ponto da Princesa Isabel e caminhou até o The Razor's. No saguão, cumprimentou com a cabeça os funcionários do turno da noite e andou apressadamente até seu quarto. Um recepcionista chegou a levantar a mão e fazer um gesto em sua direção, mas ela o ignorou. Não tinha cabeça nem nervos para lidar com pessoas naquele instante, fosse quem fosse.

Precisava apenas da companhia da solidão.

Abriu a porta do quarto e, pela primeira vez nos últimos sessenta minutos, teve a impressão de voltar a respirar.

Jogou-se em cima da cama e enfiou a cara no travesseiro.

Não queria ver ninguém, nem a si mesma.

Ela não podia acreditar no que estava acontecendo.

Tudo estava acontecendo rápido demais, e ela não conseguia acompanhar a velocidade das coisas. Duas manhãs atrás ela tinha ido trabalhar no aeroporto, sem estímulo nenhum, e lá conhecera um rapaz incrível, do jeito mais improvável, e, agora, lá estava ela, de coração partido, largada na cama, sem conseguir entender o que estava acontecendo.

Ou, pior: como as coisas tinham acontecido.

Puxou o travesseiro para baixo e o abraçou forte na altura da barriga. Seu corpo se curvou para dentro, num movimento inconsciente de autoproteção.

A luz da lua entrava por uma fresta da janela, conferindo ao cômodo um tom azul pálido. De súbito, Line detestou aquele quarto. Detestou todo o caminho que a levara até ali. Detestou sua vida e a incrível forma como ela sempre buscava um jeito de lhe dar uma rasteira no final. Teve raiva do trabalho, da Raffa, por fazê-la ter de trabalhar quando tudo que queria era ficar deitada na cama curtindo sua fossa numa autopiedade sem fim. Teve raiva dos pais, que poderiam tê-la acolhido melhor, em vez de estimulá-la a não voltar para casa.

Teve raiva de si mesma, por se entregar tão rapidamente a Teo.

E tão completamente.

Ela o havia convidado para ir para o hotel e ele tinha aceitado, não tinha? Por que mudara de ideia de repente? O convite tinha sido claro, ela tinha certeza: garantira que ele não precisaria se preocupar com nada, não teria de pagar diária ou ter nenhum outro tipo de despesa; ficaria ali por uma semana, no seu quarto, com acomodação e todas as refeições garantidas. Se os dois quisessem, nem precisariam sair do quarto. Ficariam ali pelos próximos dias, fazendo o que quisessem dentro de quatro paredes. E, caso ele precisasse, ainda poderia lavar sua roupa na lavanderia do hotel, sem nenhum custo adicional.

Line tinha arranjado tudo isso para ele e estava certa de que fizera o convite deixando claros todos os detalhes. Sabia que o fator financeiro era um ponto a favor no convite e se lembrava muito bem quando ele aceitara. Aceitara, não aceitara? Teo tinha ficado feliz, mencionara que mal podia esperar pelo domingo para ir logo para lá, até mesmo brincara que queria que ela o sequestrasse!

Por que, então, ir embora agora?

Uma raiva sufocante, mesclada com uma necessidade incontrolável de falar com ele, começou a dominá-la. Precisava dizer tudo o que tinha para dizer, mas não queria voltar ao apartamento. Sabia que ainda haveria gente por lá, e esse era o tipo de conversa à qual o público não é bem-vindo. Além disso, por mais que detestasse admitir, sabia que, de pé diante dele, sua coragem sumiria e ela não conseguiria dizer nem metade das coisas que começavam a sufocá-la agora.

Sem pensar duas vezes, buscou o celular na bolsa e digitou:

"Me sinto usada. Eu realmente achei que vc era um cara legal, de quem eu poderia gostar. Desculpe. Boa viagem."

Clicou em "enviar".

Mas aquilo não era suficiente, não trazia alívio algum ao seu peito. Por isso, vinte minutos depois, digitou uma nova mensagem:

"Vc provavelmente nem vai ler ou responder essas msgs, mas vou escrever mesmo assim, até pq não sou muito boa falando as coisas."

Line tinha quase certeza de que se arrependeria, e muito, de mandar aquelas mensagens durante a noite, principalmente porque estava sendo motivada pela raiva e pela dor.

Mesmo assim, não conseguia evitar. Precisava que ele soubesse como ela estava se sentindo com a súbita partida dele. Precisava dizer o que pensava. Sabia que se arrependeria amargamente, isso era um fato. Mas não pensava com clareza, e seus dedos digitavam uma nova mensagem, impulsionados puramente pela dor.

"Vc tinha aceitado um convite para ficar comigo no hotel. Eu já tinha separado comida para um batalhão e fiquei arrumando o quarto o dia inteiro para isso."

Agora ela já estava sendo infantil. Dizer aquilo não ajudaria em nada. Como se ela não precisasse arrumar o quarto de vez em quando... Mesmo assim, era como se todos os argumentos agora precisassem ser ditos, na tentativa de que pelo menos um deles desse certo.

Não conseguia resistir.

"Eu me preocupei com vc, te ajudei, paguei sua conta, evitei que vc tomasse um golpe ontem, cuidei de vc e te ofereci tudo."

Line precisava digitar mensagens curtas e claras. Sabia que o celular dele era um aparelho comum, não um smartphone, e provavelmente era bastante limitado em recursos, até mesmo para ler mensagens de texto.

Além do mais, não queria escrever testamentos, porque isso levaria horas e requereria parar para pensar. Não. Ela precisava dizer o que queria e precisava fazer isso agora, mesmo correndo o risco de ele jogar fora o celular apenas para que não voltasse a ser importunado.

"Nossos últimos dias foram gastos com vc de bebedeira e vc de porre. E nós nem ao menos chegamos a transar direito!"

Estava apelando. Sabia disso.
Sabia também que estava sendo cruel por jogar na cara dele o fato de ele ter bebido, um assunto que ambos tinham concordado em não mencionar mais. Por que tinha de desenterrar aquela história agora?
E sexo? Jura?
Como se o fato de eles não terem transado direito fosse razão para impedi-lo de voltar para casa, simplesmente porque havia ainda uma pendência carnal a resolver.
Algum argumento tinha de funcionar. Quem sabe a possibilidade de ter sexo o fizesse abrir os olhos?
Além do mais, Line queria que Teo soubesse que ela se sentia sexualmente frustrada. Nas três oportunidades que tiveram, a coisa não tinha sido concluída. E basicamente por culpa dele.
Queria que ele se sentisse mal por isso, mesmo que por um instante. Mesmo que aquilo a fizesse se sentir mal também.
Por que será que, quando agimos por raiva, tendemos a machucar as pessoas de quem mais gostamos?

"Vc dizia estar ansioso pra domingo, mas esperou o último momento hj, esperou eu te dizer que ia embora, pra jogar em mim que ia viajar amanhã."

Mesmo que ele tivesse argumentado que tomara a decisão naquela tarde, após brigar com todo mundo, por que não conversou com ela assim que se encontraram? Podiam ter parado lá mesmo, no Arpoador, sentado e falado a respeito, sem a interferência de nenhum conhecido, e qualquer pessoa que ouvisse o diálogo dos dois não teria a mínima importância para eles.

Teo poderia ter se aberto enquanto caminhavam para casa, distraídos. Talvez tivesse até sido melhor assim, pois não teriam de encarar um ao outro quando a bomba fosse jogada, e Line teria conseguido mascarar melhor seus sentimentos.

Poderia ter contado a ela quando estavam no apartamento e os franceses estavam no banho. Ou depois, quando os dois gringos saíram, e eles ficaram sozinhos. Podiam ter desistido daquele filme besta e aproveitado melhor o tempo para conversar e acertar o que fariam após a separação. Podiam ter transado, por fim; ela o teria estimulado mesmo contra a sua vontade, se soubesse que aquela era a última noite deles juntos.

Ela teria ficado com ele, ao seu lado, e teria matado o trabalho na manhã seguinte, se soubesse antes que aquela seria a última noite juntos.

"Ontem vc me disse que gostava de mim mais do que eu pensava. É esse o seu 'gostar'? Usar e descartar as pessoas assim?"

Line estava sendo cruel agora e, no fundo, sabia disso. Mas não estava inventando coisas!

Teo realmente dissera que gostava dela mais do que ela imaginava, e Line tinha acreditado naquilo! Teria ele mudado de ideia assim, tão rapidamente?

Por outro lado, era assim mesmo que ela estava se sentindo: usada. Por mais que em nenhum momento ele a tivesse usado, de fato.

> "Ontem vc me pediu pra ir pra Brasília, me chamou de namorada, falou que voltava pro Rio por minha causa."

Teo tinha mesmo dito todas aquelas coisas. E Line tinha acreditado em cada uma delas.

Não seria possível ele estar mentindo. Teo não fazia o tipo galanteador barato, que sai falando frases clichês para as garotas apenas para conquistá-las. Não. Ele não precisava disso. Não precisava nem ter telefonado para ela, para início de conversa. Como Canutto mesmo dissera, ele poderia ter conhecido e saído com qualquer outra garota depois daquele primeiro encontro.

Ele a escolhera primeiro, antes que ela o escolhesse.

> "Na primeira vez que vc me ligou, perguntou se eu faria valer a pena o fato de vc decidir ficar mais uns dias. Valeu a pena?"

Aquela era uma pergunta-chave, cuja resposta ela temia saber. O que teria acontecido se Teo simplesmente tivesse ido embora no primeiro dia, como havia dito? Nada disso teria acontecido, e ela não estaria agora se consumindo de raiva.

> "Vc disse que queria ficar no hotel e descansar, ficar comigo e longe dos amigos. E vc não nos deu essa chance."

A frase foi meio mal elaborada, porque ela queria escrever coisas curtas. Sabia que os homens não têm paciência para ler textos grandes, por mais que Teo tivesse mencionado que gostava de ler e de frequentar sebos.

Se é que ele se daria ao trabalho de ler aquelas mensagens todas.

"Eu te ofereci meu quarto, alimentação e falei que cuidava de vc aqui, que vc não precisaria se preocupar com dinheiro, que eu cuidava."

Começava a ficar repetitiva, e Line desconfiava que Teo, a essa altura, já tivesse desligado o celular, para parar de ser incomodado com o bombardeio.

Já passava das duas e meia da manhã.

"Mas vc tem razão, nada disso importa. Vc tá de férias, tem que curtir, e eu é que não devo me chatear. Afinal, eu é que sou inocente e não sou nada sua, né?"

Começava a soar como uma garota desesperada. Que diabos ela estava falando? Por que estava abrindo a guarda assim, tão gratuitamente? "Não sou nada sua"? Que ridícula.

"Tô te dando uma chance única de mudar sua passagem e vir pra cá amanhã."

Sentia-se cansada, esgotada. Sabia que estava já no fim daquele turbilhão, e já não tinha mais argumentos para jogar na cara dele. Precisava parar, ou corria o risco de parecer uma psicopata maluca e carente, desesperada por amor.

Se é que ele já não achava isso dela, a essa altura.

"Vc decide o que é importante pra vc."

Já era mais de quatro da manhã. Line ouviu Raffa, no quarto ao lado, se arrumando e saindo para viajar. Sabia que a Raffa passara a noite da véspera da viagem no hotel.

Agora tinha todo o espaço livre para ela, mas não tinha Teo.

Eram quatro e dezoito. Precisava apelar com sua última ficha. Era tudo ou nada.

"Vem pra cá agora, por favor."

Enviou mesmo assim, mas sabia que ele não viria.
Ele não viria.

capítulo 28

Line acordou duas horas depois, sem ter percebido que havia adormecido. O celular ainda estava pousado em sua mão, na mesma posição em que ficara na noite anterior. A bateria morreu assim que o despertador tocou. Line havia se esquecido de colocar para carregar.

Ela se esquecera de tantas coisas na noite anterior...

Principalmente do bom senso...

Esticou o braço e pegou a bolsa em cima da mesinha, ao lado da cama. De lá, tirou o carregador e o enfiou na tomada, sob a mesma mesinha. Em seguida, acoplou o telefone ali e deixou que ele se alimentasse de energia. Não haveria tempo para que a carga ficasse completa, mas pelo menos seria alguma bateria — e esperava que durasse pelo menos até que ela conseguisse falar com Teo novamente.

Teo...

Um mamute de três toneladas estava sentado sobre sua cabeça. Essa era a impressão que a garota tinha, tamanho o peso que sentia afundá-la de volta à cama. Não conseguia se mexer. Não queria. Todo o seu corpo estava dolorido e febril, mas ela sabia que não estava ficando doente. Não das doenças comuns, tipo virose.

O problema dela era outro.

Arrastou-se para fora da cama e se jogou debaixo do chuveiro, quase não alcançando o boxe. Ligou o registro e esperou que a água fria lhe acordasse os sentidos, já que ela mesma parecia não ser capaz de fazê-lo.

Sentiu o fluxo da água bater em suas costas e escorrer pelos seus ombros, umedecendo-lhe os cabelos curtos. Queria poder chorar, de repente isso aliviaria o nó entalado em sua garganta. Mas não conseguia.

Ela demorou demais no chuveiro, mas simplesmente não conseguia se mover com mais rapidez.

Vestiu a primeira roupa que encontrou, sem pensar muito: uma calça jeans que estava um pouco apertada demais e uma camisa polo masculina, com o logo do The Razor's bordado. Olhou-se no espelho: estava ridícula.

Mas era assim mesmo que se sentia.

Não colocou maquiagem alguma, apenas pegou os óculos escuros e os enfiou no rosto, não para disfarçar os olhos inchados, mas para se esconder desse negócio chamado mundo.

Apanhou o celular e o carregador, por via das dúvidas, e saiu do quarto, lamentando ter de encarar as pessoas naquela manhã.

Felizmente o trânsito estava bom, e Line não chegou atrasada ao aeroporto internacional. Havia esquecido completamente que era domingo, e essa tinha sido a sua sorte. O motorista da van, que dessa vez fora buscá-la no hotel, não se aborrecera muito por ficar esperando por ela.

No trajeto, ele até tentou puxar conversa, falar das trivialidades que as pessoas que não se conhecem falam (o tempo, o trânsito, o prefeito, o jogo de ontem), mas ela não deu atenção. Não tinha cabeça para tentar elaborar argumentos sobre o fato de o prefeito não ter planejado escoamento na nova obra da cidade, ou tentar entender como o atacante do time titular do Botafogo perdera um pênalti tão óbvio e o time fora derrotado por uma equipe que havia subido recentemente da segunda divisão.

Não tinha cabeça para nada disso, porque sua cabeça estava muito longe dali.

E lá estava ela novamente, no setor de desembarque do Terminal 2 do Galeão, segurando a placa azul e branca na qual as palavras "The Razor's" apareciam bem grandes, para que nenhum turista passasse direto por ela.

Teria de aguardar dois grupos, um de cinco e outro de seis passageiros. O primeiro chegaria às nove e meia, num voo vindo da Europa, e o segundo viria duas horas depois, às onze e meia, de um voo vindo do Sul, e nenhum deles iria para o hotel naquele momento. Ela tinha ido ao aeroporto apenas para conduzi-los à van, já que o transfer seria para a cidade de Búzios, na Costa do Sol do Rio de Janeiro. Búzios era um dos locais mais procurados por moradores e turistas, principalmente durante a alta temporada do verão. Possuía belas praias e excelentes pousadas, oferecendo todo o conforto.

Sua função naquela manhã era apenas conduzir os dois grupos para a van, acomodá-los, explicar o trajeto e se despedir, pois os motoristas não falavam inglês. Ainda que ela mesma não falasse muito bem, conhecia as palavras-chave, que eram comumente usadas, e conseguia fazê-los entender a mensagem.

Além do mais, Raffa uma vez lhe dissera que essa galera que vem de outros países gosta de chegar ao Brasil e encontrar alguém no aeroporto para recepcioná-los. Era por isso que ela precisava ir.

Rezou para que hoje, pelo menos hoje, nenhum dos dois voos atrasasse. Do contrário, não responderia pelos seus atos. Seu humor já não estava dos melhores, e ela temia que, caso houvesse atraso, fosse capaz de largar tudo e sair correndo dali.

Porque Line tinha um lugar mais importante para estar naquele momento.

Olhou pra o relógio eletrônico no saguão. Nove em ponto.

Teo ainda estaria dormindo, certamente.

Era por isso que ontem, quando chegara ao apartamento, ela tinha visto as coisas dele espalhadas pela cama. Teo não as arrumava simplesmente para se organizar, tampouco as guardava para se mudar com ela para o hotel no dia seguinte; ele as guardava porque ia embora, e já sabia disso.

Line tinha visto a mala, mas não processara a informação corretamente.

Idiota!

Por que ele agira de impulso? Brigara com o pai, com o amigo e, para terminar o dia, brigara com ela também. E então ele discute com todo mundo e decide ir embora? Era assim que se resolviam as coisas?

Por que eles tinham desperdiçado a última noite brigando?

Ela se arrependia tanto agora...

Tinha ficado chateada, bastante chateada, mas não sabia ao certo com o quê.

Talvez pelo desenrolar das últimas duas noites, pelo modo como tudo tinha terminado. Tudo bem que ela tinha dito que havia superado, que tinha deixado de lado tudo o que acontecera, mas, se fosse sincera consigo mesma, saberia que aquilo não era verdade. Era tudo muito recente. Ela tinha superado, sim, mas não esquecera. A noite de sexta estava bem ali, na superfície, esperando para voltar, e, assim que Teo dissera que ia embora, toda a mágoa da noite anterior se misturara à mágoa atual, transformando-se numa chateação sem definição.

Teo iria embora.

Era a primeira vez que ela se dava conta disso.

No dia seguinte acordaria sabendo que não iria encontrá-lo mais. Não iria mais ao apartamento da rua Santa Clara jogar papo pro alto e se deixar levar pelas horas.

Desanimada, olhou para o painel eletrônico. O primeiro voo já tinha pousado.

Pelo menos o primeiro deu certo.

Mas o primeiro voo nunca era o problema, e sim o último. Resolveu não pensar a respeito e desejou que o segundo também não atrasasse.

Line segurava a placa sem ânimo algum. Alguns guias vieram cumprimentá-la, mas, como ela não dera muita brecha para conversa, desistiram e se afastaram.

A melhor coisa que ela fazia pelo mundo naquela manhã era não interagir com ele. Se as pessoas soubessem o grande favor que Line estava fazendo, não se aproximariam.

Teo nunca escondera o fato de que teria de ir embora. Desde que se conheceram, no ônibus, ela sabia disso. Então, por que o drama agora? Seria porque finalmente a data tinha chegado ou porque ele ficou mudando as datas o tempo todo, deixando-a maluca? Teria se chateado porque ele dissera que iria embora na quinta, depois na terça e, de repente, antecipar para o domingo?

Os passageiros do voo começaram a sair e ela se concentrou em encontrar os cinco que viera buscar. Quanto mais cedo o fizesse, mais cedo poderia voltar às suas reflexões.

Infelizmente, porém, eles levaram quase quarenta minutos para sair, e vieram aos poucos. Já passava das onze horas quando Line finalmente reuniu o grupo todo e o conduziu para o lado de fora, acomodando-o sem cerimônias na van. Por mais que o grupo fosse pequeno, eles sempre vinham com muita bagagem, pelo menos duas malas grandes cada um, mais a bagagem de mão. Somando todos esses elementos, cinco ou seis pessoas eram o número máximo que cabia numa van, ainda mais numa viagem.

Ainda bem que a Raffa era muito competente e cuidava dos mínimos detalhes.

Line fez uma explicação resumida e mal elaborada sobre o trajeto para Búzios e despachou os passageiros rapidamente, sem nem ao menos esperar pela gorjeta. Até mesmo o motorista estranhou, mas não disse nada.

Ela não tinha paciência para aquilo.

De volta ao lado de dentro do aeroporto, ela verificou que tinha alguns minutos até o segundo voo pousar, então foi até o banheiro. Não havia comido nem bebido nada antes de sair do hotel, mas não tinha apetite algum.

Olhou-se no espelho e se achou horrorosa. Se Teo a visse naquele estado, possivelmente não teria se encantado por ela.

Jogou uma água no rosto e passou um pouco nos cabelos. Não fez grande efeito, mas pelo menos minimizou o calor que sentia. Mesmo num ambiente refrigerado como o aeroporto, o calor do Rio marcava presença, implacável.

Saiu do toalete e passou pela livraria local, onde ficou passeando os olhos pelas manchetes das revistas de fofoca. Não se interessava em saber quem tinha saído do reality show atual, nem quem tinha casado ou separado. Tudo lhe parecia supérfluo e sem importância.

Desistiu, mas, no caminho, algo na televisão da lanchonete do saguão chamou sua atenção. Devagarinho, ela se aproximou para olhar melhor.

Era um clipe antigo, do Skank, e a letra da música tocou fundo na sua alma:

Bem mais que o tempo
Que nós perdemos

*Ficou pra trás
Também o que nos juntou.*

Na tela, uma jovem tímida olhava para o rapaz do outro lado da rua e se encantava por ele. Ela esperava que ele também a notasse, mas duas mulheres mais bonitas haviam parado ao lado dele e desviavam sua atenção.

A história dela e Teo não era assim. Não havia ninguém entre eles que os impedisse de ficar juntos; havia apenas a distância.

E a teimosia dele.

E a burrice dela.

Line suspirou fundo. Era difícil admitir, mas ela agira mal e fizera tudo errado.

*E ainda espero
Resposta.*

Não queria que as coisas ficassem assim entre eles, não depois de todos os momentos bons que tinham compartilhado. Não tinha cabimento ela ficar assim, tão chateada, só porque as coisas haviam fugido do seu controle.

Ela detestava admitir, mas era essa a razão principal.

Line fechou os olhos. Tinha ainda uma tarefa a cumprir antes que pudesse cuidar da própria vida.

Voltou para a área de desembarque e viu que o voo acabara de aterrissar. Ficou mais de uma hora aguardando as seis pessoas saírem, ciente de que a alfândega era sempre o principal fator de atraso de todo mundo. Passava de uma e meia da tarde quando Line colocou o último passageiro dentro da van e fechou a porta do veículo.

Dessa vez ela tinha dado uma explicação melhor, mas não menos apressada.

Porque seu coração tinha pressa, e ela tinha outro lugar para estar.

capítulo 29

Durante o que pareceu ser uma eternidade, Line ficou (im)pacientemente esperando o ônibus que a levaria de volta para a zona sul da cidade. Não aguentava ficar sentada, e as lembranças que aquele ônibus trazia não tornavam as coisas mais fáceis.

Finalmente ele apareceu, e Line subiu apressadamente, rezando para que o trânsito estivesse tão bom quanto na ida. Sabia que, independentemente disso, levaria pelo menos quarenta minutos para voltar ao hotel. Queria muito ir direto para o apartamento dos rapazes, mas precisava parar antes no The Razor's. Estava horrível, precisava se trocar.

Arrependeu-se de não ter gastado um pouco mais de tempo naquela manhã para se arrumar apropriadamente, mas agora não tinha mais jeito. Não tinha problema. Ela faria uma parada rápida apenas pra mudar de roupa; iria ao encontro de Teo em seguida, e lá ficaria até ele partir. Ele o acompanharia no trajeto. Pelos seus cálculos, teriam juntos ainda umas cinco horas.

Seria tempo suficiente para pedir desculpas pelo seu comportamento na noite anterior e conversarem sobre como seria dali em diante.

Repassou o guarda-roupas mentalmente, peça por peça, para poupar tempo. Decidiu-se por um vestido branco de renda, que havia tempos não usava. Ele tinha um ar de boa moça, e era assim que ela desejava que ele se lembrasse dela quando a visse pela última vez.

Porque Line não sabia se iriam se ver novamente.

Claro que vão! Deixa de ser insegura!

Claro que iriam. Não tinha motivo para pensar o contrário.

O vestido seria uma ótima escolha.

O ônibus, por outro lado, parecia não querer ajudar a jovem em nada. Apesar do trânsito livre na via expressa que ligava a Ilha do Governador à cidade, a impressão era que o motorista tirara aquela manhã de domingo para passear em vez de dirigir. Line quis gritar para que ele fosse mais rápido, que ela tinha pressa, mas não o fez. Estaria errada se o fizesse. O certo mesmo era que todos os motoristas dirigissem naquela velocidade, e não da forma insana como faziam quase todos os dias.

Para seu desânimo total, ela tinha encontrado um profissional exemplar, que dirigia dentro dos limites de velocidade e respeitava as leis de trânsito.

Às vezes é um saco fazer tudo tão certinho.

Aquela conclusão, ela sabia, não se referia apenas ao motorista, mas a si mesma também.

Para seu desânimo total.

Line inspirou e expirou diversas vezes, tentando manter os nervos controlados. De nada adiantaria ficar ainda mais nervosa. Ela não poderia derrubar o motorista, jogá-lo pela janela e assumir o volante.

Embora quisesse.

Olhou para o visor do celular, com pouco mais de dez por cento da bateria. Teria de carregá-lo mais um pouco enquanto se arrumava, só para garantir.

O relógio avisava que passavam cinco minutos das duas horas.

A qualquer momento ele vai telefonar. Nós vamos combinar como e onde vamos nos encontrar e tudo ficará bem.

Teo sempre telefonava. Se havia uma coisa com que ela não precisava se preocupar era isso. Ele não era o tipo de rapaz que sumia no mapa. Desde que haviam se conhecido, ele entrava em contato com ela todos os dias, pedia para vê-la, tinha interesse por ela. Não havia dúvida.

Distraiu o pensamento e se flagrou imaginando como seriam os pais dele. Certamente eram boas pessoas, por terem criado um rapaz tão legal. Tinha certeza de que Teo sentia saudades deles também, afinal passara o Natal e o Ano-Novo longe de casa.

Recriminou-se por ser tão egoísta e querê-lo só para si, imaginando que pudesse ficar na cidade por mais dois meses, até o fim do Carnaval, privando-o da própria família.

Teve vontade de conhecer os pais dele, mas não queria forçar a barra. Deixaria que o convite partisse de Teo, para quando estivesse preparado para essa nova etapa. Por mais que fosse um encontro casual, sempre havia um peso quando os filhos apresentavam seus namorados ou namoradas para a família, principalmente no caso deles, já que ela era de outra cidade.

Imaginou-o dizendo: "Oi, pai! Oi, mãe! Estou de volta. Ah, a propósito, conheci uma garota no Rio e ela vai vir me visitar em breve. Estou apaixonado por ela". Riu. Será que os pais dele aceitariam esse tipo de relacionamento numa boa?

Afinal, ela era namorada dele, certo?

Era.

Queria ser.

Esperava ser.

Duas e meia e nada de ele telefonar. Por que Teo não ligava? Era a primeira vez que isso acontecia, e Line se flagrou temendo que a enxurrada de mensagens da noite anterior o tivesse magoado, a ponto de ele não querer mais falar com ela.

Não, não podia ser isso. O que eles tiveram nos últimos três dias era mais forte do que um mero momento de desespero.

Não vou ligar pra ele.

Podia parecer teimosia besta da parte dela, mas Line queria dar espaço a Teo. Ele dissera que telefonaria, e ela não queria parecer ainda mais desesperada, ligando só porque se passara meia hora do horário combinado. Confiava nele.

No entanto, se ao sair do hotel ele não tivesse telefonado ainda, Line deixaria o orgulho de lado e ligaria.

Em outras circunstâncias ela lhe daria mais espaço, mais tempo, mas aquele era o último dia deles, e não havia tempo para o orgulho criar empecilhos.

O ônibus entrou na praia do Flamengo e Line deu graças aos céus por finalmente se aproximar de seu destino. Porém, para seu horror, o motorista diminuiu ainda mais a velocidade. O homem conversava com outro, sentado no primeiro banco, e, aparentemente, os dois buscavam alguma coisa que estaria escondida numa das árvores do passeio.

Eles procuravam alguma coisa escondida numa árvore!

Line contorceu-se no banco, controlando-se para não sair gritando desaforos. Para além do absurdo da situação, aquilo era uma imprudência sem limite, que trazia risco para os passageiros e para os outros motoristas.

Ela não sabia dizer quanto tempo o motorista os prendeu naquela situação absurda, mas tinha certeza de que aqueles segundos, ou minutos, eram preciosos e nunca mais voltariam para ela.

E então, finalmente, ela chegou a Copacabana. Line deu o sinal e desceu do ônibus, lançando ao motorista um olhar zangado que imaginava conter toda a ira do mundo.

De volta ao The Razor's, Line correu para o quarto, agradecendo o fato de ninguém tê-la visto passar, não só porque não tinha tempo para ninguém, mas também porque se sentia ridícula com aquelas roupas.

Na segurança do quarto, a primeira coisa que fez foi plugar no carregador o celular, que respondeu com o apito de recarga, agradecido. Faltavam dez minutos para as três da tarde, e Teo não havia ligado.

Por quê?

Não havia tempo para aquilo agora. Ela precisava se arrumar correndo para estar logo junto dele. Assim que estivessem juntos, ela perguntaria o que tinha acontecido.

Abriu a segunda gaveta e tirou de lá o vestido. Arrancou o jeans, que já a sufocava, e a camisa polo e jogou o vestido por cima. Para seu desapontamento, estava largo demais. Ela não tinha reparado, mas havia perdido peso nos últimos tempos.

Droga!

Recriminou-se por não ter pensando num plano B para a roupa, mas não havia tempo para aquilo agora. Teria de vestir qualquer coisa. Era mais importante que conseguisse chegar lá a tempo do que estar vestindo a melhor roupa.

Esse era o tipo de detalhe que não faz diferença para os homens.

Só para as lembranças das mulheres.

Vasculhou a gaveta e decidiu-se por uma calça preta de lycra e uma camiseta branca folgada. Fazia muito calor, para variar, e esse era um fator que sempre pesava contra ela quando tentava se arrumar.

Line se vestiu rapidamente. Não estava tão mal assim.

Correu para o banheiro e fez um rabo de cavalo simples, prendendo os cabelos crescidos. Nas laterais da cabeça, fios rebeldes espetavam para todos os lados. Ela estava nervosa e com calor, e o penteado despojado lhe conferia um ar despreocupado.

Isso é bom. Vai distraí-lo de como eu realmente me sinto.

Em seguida, abriu a pequena nécessaire e tirou dali a maquiagem que costumava usar. Passou um pouco de blush, para dar cor às maçãs do rosto, e um lápis básico, para abrir o olhar. Em seguida, aplicou rímel e uma leve camada de corretivo debaixo dos olhos, para disfarçar as olheiras, finalizando com um pouco de gloss nos lábios. Tinha aplicado tudo na ordem errada, mas não estava nem aí. Estava bom daquele jeito. Estava ótimo.

Precisava sair.

Teo ainda não tinha ligado.

Line jogou um perfume suave no pescoço, pegou a bolsa e enfiou ali dentro o celular.

Saiu apressada pelas ruas de Copacabana, tentando acompanhar o ritmo que seu coração impusera para aquela corrida.

Naquela tarde, ela descobrira que o coração funciona em ritmo diferente da realidade, e não há velocidade rápida o suficiente que o leve logo de volta ao abraço do homem que se ama.

Line telefonara três vezes para Teo no meio do caminho, mas não conseguira falar com ele em nenhuma das oportunidades. Não sabia por que ele não atendia, mas o coração afundava em seu peito, cheio de temor.

E se ele a estivesse evitando?

Ela não queria pensar nisso, mas sua insegurança teimava em aflorar em momentos de desespero, como aquele.

Por que, afinal, ele não telefonara, como dissera que faria?

A jovem teve certeza de que batera todos os recordes naquela tarde, pois, em menos de meia hora, trocara de roupa duas vezes, se arrumara e andara apressada por metade de Copacabana, chegando à portaria do prédio exatamente às três e vinte e dois.

Onde ele estava?

O celular acusou o recebimento de uma nova mensagem.
Era ele.

"Já te ligo."

Queria encontrar com Teo, abraçá-lo e conversar com ele a sós, sem a presença de todas as pessoas daquele apartamento. O que tinha para falar era particular, e os rapazes teimavam em estar sempre por perto. Ela os adorava, imagine! Que eles não a entendessem mal! Ela só queria ter um tempo sozinha com Teo.

Era provável que ele estivesse terminando de arrumar as coisas, por isso não telefonara. Line o esperaria lá embaixo até que ele ligasse. Em seguida, pediria que ele descesse e o levaria até o calçadão, onde os dois se sentariam e conversariam tudo o que tinham para conversar sobre passado, presente e futuro.

Antes de qualquer coisa, ela pediria desculpas pela noite anterior.

Sentia-se uma idiota completa, e esperava sinceramente que ele a perdoasse.

Vinte minutos se passaram e nada de Teo ligar de volta.

Line estava impaciente. Queria logo vê-lo, estar na segurança de seus braços, ter a certeza de que estava tudo bem entre os dois.

Resolveu ir até a sanduicheria, que era a vinte metros dali, só para se certificar de que ele não estava almoçando por lá. Passou em frente e verificou que o estabelecimento estava quase vazio, então voltou ao ponto inicial.

Descartou os planos e resolveu subir ao apê. Se Teo estivesse terminando de arrumar as malas, ela o ajudaria. Cumprimentaria todos os outros e esperaria pacientemente até ele estar pronto. Então, pediria para conversar e sugeriria que saíssem dali por um tempinho.

Era isso.

Com o coração quase escapando pela boca, Line passou pela portaria e deu um alô para o porteiro, seguindo em direção ao elevador.

O corredor do décimo andar nunca antes lhe parecera tão longo. Lembrou-se da noite anterior, quando vira Teo virar as costas e sumir porta adentro. Deveria ter voltado por aquele corredor no mesmo instante, em vez de se afastar.

Mas tudo ficaria bem agora.

Deu mais alguns passos e finalmente parou em frente à porta do 1012.

Dois segundos era do que ela precisava para dar uma bronca no próprio coração e mandá-lo sossegar dentro do peito. De agora em diante, ela tinha tudo sob controle.

Ouviu vozes masculinas do lado de dentro do apê e se tranquilizou.

E, então, ela bateu à porta.

Era estranho bater à porta agora, já que todas as outras vezes ela simplesmente fora entrando no apê. Era como se agora a situação fosse mais formal, por alguma razão.

Ouviu alguém lá dentro perguntar "é aqui?" e, em seguida, passos se aproximaram. Uma mão destrancou a fechadura e abriu a porta.

Canutto.

— Oi, Line!

Ele tinha uma expressão confusa.

Ela não gostou daquilo.

— Oi, Canutto. Tudo bem? O Teo tá aí?

Dali em diante, tudo aconteceu em câmera lenta.

Canutto levantou ambas as sobrancelhas, em evidente espanto.

As palavras que se seguiram cortaram o ar como o fio de navalhas afiadas.

— Seu namorado acabou de ir embora.

capítulo 30

— O quê???

Canutto olhou para trás, procurando o apoio de Pierre, que estava no meio da sala dobrando um lençol.

Só então Line se deu conta da presença do outro.

— Ah, oi, Pierre.

— Olá, Line.

Ela olhou esperançosa de um para o outro, aguardando uma explicação.

— O Teo acabou de sair, não tem nem quinze minutos.

A garota estava visivelmente confusa.

— Mas... como?

— Parece que o ônibus dele saía às quatro horas.

Ônibus?

— Mas... Eu tava lá embaixo...

Canutto escolhia as palavras, tentando ajudá-la.

— Você marcou com ele?

Não. Não tinham marcado. Mas isso importava? Depois de tudo que tinham curtido um na companhia do outro, precisavam marcar de se despedir? Não era óbvio?

— Não, mas...

Pierre parou o que estava fazendo e ficou observando o desenrolar da cena.

— Ele disse que ia me ligar às duas, mas não ligou, então eu vim direto do trabalho pra cá...

— Ele acabou de pegar um táxi para a rodoviária. Sério mesmo. Foi agorinha.

Aquilo não fazia sentido. Ela estivera na portaria nos últimos vinte minutos. Se ele tivesse passado por ali, ela teria visto.

A não ser que ele tivesse descido justamente nos dois minutos em que se ausentara para ir à sanduicheria para ver se ele estava lá.

Não, não podia ser. Aquilo só podia ser uma piada do destino, e de muito mau gosto. Nem mesmo os melhores diretores de cinema teriam elaborado uma cena como aquela.

— Eu estava lá embaixo o tempo todo...

Line não sabia se falava para si mesma ou para os outros.

— Olha, tenho certeza de que rolou um mal-entendido aqui. Ele saiu apressado com a mala, correndo contra o tempo.

Ela só balançava a cabeça, tentando ordenar os pensamentos.

Não era possível.

— Line, a gente está indo pra praia agora. Por que você não vem com a gente? — convidou Pierre, sentindo necessidade de falar alguma coisa.

— Não, eu...

— Mas vocês estão bem? — desviou Canutto. — Eu não entendi nada quando cheguei ontem e encontrei o Teo dormindo.

Triste consigo mesma, ela admitiu:

— A gente brigou ontem.

— Nossa! Mas acabaram de se conhecer e já brigaram?

Ela levantou os olhos para ele. Sério mesmo que ele ia dar sermão? Canutto não sabia dos motivos que os fizeram discutir, não tinha nada que dar opinião.

— Line, foi uma correria aqui. A gente acordou tarde, o Teo teve de arrumar as coisas correndo, daí a gente desceu pra almoçar na sanduicheria rapidão...

Eu sabia!

— ... daí a gente voltou, mas o apê tava trancado. Foi a maior correria por conta da chave. O Pierre atrasou e a gente chegou tem pouco tempo, o Teo só teve tempo de pegar a mala e correr pra rodoviária.

Line ouvia tudo, mas nada daquilo mudava a verdade irremediável: Teo tinha ido embora.

— Ele foi embora... — ecoou ela, como se desse aos rapazes uma última chance de dizer que estavam brincando, que tudo aquilo era armação, que na verdade seu namorado estava escondido no banheiro.

Mas isso não aconteceu.

— Line, vamos pra praia com a gente... — insistiu Pierre, e aquilo a trouxe de volta à realidade.

— Não, obrigada. Preciso ir.

Canutto preocupou-se.

— Tem certeza? A gente só vai dar um mergulho. Podemos conversar...

Ela não queria conversar. Não com ele. Canutto recomendara a Teo que não telefonasse para ela na primeira vez; por que Line iria querer conversar com ele agora?

Imediatamente, reprimiu-se por esse pensamento. O rapaz só estava tentando ajudar.

— Não, tudo bem. Eu preciso ir.

Precisava. Novamente, não conseguia respirar naquele corredor. Precisava de ar, precisava sair dali.

— Line... — insistiu Pierre.

— Tudo bem, Pierre. Ela precisa ir — sentenciou Canutto. Ele era um rapaz forte e decidido, e Line agradeceu-o por isso. — Bom, a gente se fala, então.

— Sim. Não sumam. Vamos fazer qualquer coisa.

— Claro.

Não tinha certeza se aquilo iria acontecer, mas nem de longe isso era motivo de preocupação para ela.

Line deu um tchauzinho de longe e saiu em disparada pelo corredor. Ouviu quando Canutto fechou a porta. No mesmo instante, seu coração desabou no chão, e ela, apressada, passou por cima dele correndo, pisoteando-o mil vezes.

Do lado de fora, na rua, Line sentiu-se perdida. O que iria fazer?

Era como se, de repente, todo o sentido dos seus dias tivesse desaparecido. Como acordar sabendo que não iria encontrá-lo mais tarde? Por que reclamar do trabalho se não soubesse que em breve estaria com ele?

Tudo isso era esperado. O que ela não esperava era que as coisas tivessem acontecido da forma como aconteceram.

Olhou para o celular. Faltavam doze minutos para as quatro da tarde.

Teo ainda não havia ligado.

Line não acreditava que ele iria embora sem dizer ao menos um "tchau" para ela. É claro que, se pensasse no romantismo da coisa, seria até bonito, pois não se despedir significava que eles nunca tinham se afastado um do outro, logo continuariam juntos. Mas essas coisas só funcionam nos poemas, não na vida real. Ali, tinha de ser prática, e poder dar um último beijo e um último abraço nele era tudo que ela queria.

Canutto dissera que o ônibus dele saía às quatro horas.

Faltavam doze minutos para as quatro.

Jamais daria tempo de ela chegar à rodoviária, mesmo que corresse muito, mesmo que pegasse um táxi, mesmo que não houvesse nenhum outro carro na rua naquele momento. Não daria tempo.

Line precisava falar com Teo uma última vez. Ele não podia ir embora daquele jeito, com as coisas mal resolvidas entre eles.

Queria poder pedir desculpas pelo seu comportamento da noite anterior, que, de longe, tinha sido muito pior que o dele quando ficara bêbado. Queria se desculpar pelas inúmeras mensagens raivosas que enviara; arrependia-se tremendamente delas. Estava com raiva, muita raiva, mas não dele, e sim das circunstâncias. Agira sem pensar.

Queria voltar atrás e ter conseguido transar direito com ele, senti-lo todo e completamente dentro de si. Sabia que ele tinha grande potencial e que seus corpos se encaixavam sem esforço. Poderia se perder de prazer com ele, se tivesse havido oportunidade.

Queria tê-lo ouvido quando ele dissera que não queria sair, e ter ficado no apê na sexta-feira à noite. Isso teria evitado toda a bebedeira e, consequentemente, todo o transtorno que viera em seguida. Queria não ter gastado tempo com cinema e com filme, e trocaria de bom grado aquelas horas olhando para a tela para simplesmente ficar olhando para ele, mesmo que sem dizer nada.

Arrependeu-se de, no primeiro dia, não tê-lo acompanhado junto com Canutto até o apartamento. Eles poderiam ter se perdido, e ela não teria sido uma boa anfitriã se isso tivesse acontecido. Além do mais, teria sido a chance de ficar mais algumas horas na companhia dele. Arrependeu-se também de ter desperdiçado todo o sábado fazendo faxina em vez de ficar com ele, ou de ter ido embora naquela manhã, em vez de se espremer na cama com ele. Se fosse agora, dormiria no chão, se precisasse, só para estar na companhia de Teo de novo.

Arrependeu-se das vezes que demorou para atender o telefone ou responder as mensagens. De ter dedicado tanto tempo a discutir com ele, em vez de simplesmente aproveitar o momento e se deixar levar. De ficar se preocupando tanto com o que fariam quando ele finalmente fosse para o hotel, em vez de curtir o abraço dele ali mesmo no apê.

Na vez em que ele a chamara publicamente de namorada, queria ter gritado para todos que ele era seu namorado, em vez de ficar calada. Teria gritado para todos no bar, tatuado na pele, se fosse o caso. Porque era isso que ela queria ser: namorada de Teo, e queria que ele fosse seu namorado também.

Quando ele pediu várias vezes que ela fosse a Brasília visitá-lo, queria ter dito "sim! sim!", e correr para seus braços com o calendário nas mãos. Ela o visitaria quantas vezes fossem necessárias, sabendo que tinha mais disponibilidade para viajar do que ele. Queria lhe dizer que não viajaria para a Europa em março droga nenhuma, pois estava feliz por trocar essa viagem e se mudar de vez para Brasília, apenas para dar a eles a chance de serem felizes juntos.

Se o tempo pudesse voltar, Line viajaria para o momento em que ele disse que gostava dela mais do que ela podia imaginar, e, em vez de calar-se, se jogaria em seus braços e riria do absurdo daquilo, pois Teo não poderia gostar mais dela do que ela dele. Ela o amava.

Sim, Line amava Teo.

Levara três dias inteiros, e tivera de errar inúmeras vezes para entender que toda essa confusão que sentia era amor.

De repente, todas as suas dúvidas, todos os seus medos, toda a sua insegurança com relação a ele e à mudança de planos desaparecera.

Levara esse tempo todo para perceber que, ao lado daquele rapaz de futuro incerto e coração enorme, ela poderia ser feliz. Ele devolvera a vida a ela, e só agora Line se dava conta do quanto precisava que ele permanecesse ao seu lado.

Porque vida é aquilo que acontece quando os planos mudam.

Eu vou atrás dele!

Decidida, Line saiu da inércia em que se encontrava e começou a correr pela calçada. Esbarrou em duas senhoras, mas não se abalou. Elas que a perdoassem, mas Line não tinha tempo para gentilezas agora. O seu grande amor estava indo embora, e ela precisava ir atrás dele.

Não daria tempo de ir até a rodoviária, mas ela entraria num táxi e seguiria naquela direção. Se chegasse lá e descobrisse que o ônibus já havia partido, subiria em outro táxi, mandaria que o motorista fosse a toda a velocidade atrás do ônibus, pediria para que o motorista parasse e que Teo descesse.

Todo mundo gosta de uma loucura de amor. Line tinha certeza de que o motorista pararia o veículo no acostamento e permitiria que Teo descesse para se encontrar com ela.

Se aquilo fosse um filme, os dois conseguiriam se encontrar na plataforma de embarque. Como era a vida real, era provável que Line tivesse de assumir a perseguição ao ônibus.

Estava disposta a fazer isso.

Sentiu a adrenalina invadir-lhe as veias. Pegou o celular. Faltavam cinco minutos para as quatro horas. Teo não telefonara ainda.

Line ainda corria feito louca pelas ruas de Copacabana. Sentia o amor assumir o comando de seu corpo. Iria atrás dele. Tudo daria certo. Ele podia até ir embora naquela tarde, mas ela precisava dizer que o amava. Depois, eles se encontrariam, e a tranquilidade reinaria entre o casal.

Lembrou-se de um conto que lera muito tempo antes, de uma autora brasileira chamada Patricia Barboza. Era uma recriação dos contos de fadas, e na história ela dizia que a princesa moderna não esperava que o príncipe viesse em seu resgate; ao contrário, era ela quem ia atrás dele.

Era isso. Ela iria atrás do seu amor. Diria a ele tudo que não conseguira dizer até então porque tinha medo. Medo de se entregar, de se apaixonar, de se machucar novamente. Mas agora não tinha mais medo. Queria ser feliz junto dele, porque ele lhe devolvera o sentido da vida.

Pensava nisso quando levantou o braço e se virou para chamar o primeiro táxi que se aproximasse, fosse na direção que fosse. Tinha um sorriso enorme estampado no rosto, ciente de que aquele plano daria certo e de que, no final, tudo ficaria bem.

Só não viu quando o sedã prata entrou na rua transversal em alta velocidade e a atingiu em cheio.

capítulo 31

Um barulho insistente apitava a intervalos constantes em algum lugar ali perto. Era um incômodo terrível para os hóspedes do The Razor's ter de aturar aquela coisinha chata. Com certeza Raffa estaria pê da vida com o responsável por aquilo.

Line abriu os olhos.

Levou um tempo para entender onde estava. Não reconhecia nada em volta. Parecia um banheiro, com uma cortina de plástico ao seu redor. Girou a cabeça e viu a origem do barulho: uma máquina à sua esquerda marcava o pulsar do seu coração.

E então ela entendeu: estava num hospital.

Sentiu em sua mão direita uma espécie de controle com um botão. Sabia do que se tratava e o apertou. Dois minutos depois, uma enfermeira surgiu, abrindo e fechando a cortina atrás de si.

— Olá, Eveline. Sente-se melhor?

A velha senhora tinha um sorriso bondoso, mas, apesar de a máquina ao lado marcar os batimentos cardíacos, Line sabia que seu coração estava morto.

— O que aconteceu? — A sua voz saiu como se não lhe pertencesse.

— Você foi atropelada, querida. Foi um acidente bem feio.

Atropelada!

— Há quanto tempo estou aqui?

Tinha medo da resposta.

— Cinco horas. Você ficou desacordada por cinco horas.

Cinco horas!

— Há uma pessoa aqui querendo falar contigo. Posso mandar entrar?

De repente, seu coração voltou a bater dentro do peito.

— Pode!

Ela estava nervosa. Aquela não era bem a forma como queria reencontrá-lo, mas, se tivesse de ser assim, que fosse. O importante agora era vê-lo, abraçá-lo, beijá-lo e lhe dizer todas as coisas que sua covardia a impedira de dizer.

— Oooiii, Line. Posso entrar?

O sorriso imediatamente sumiu de seu rosto e o coração voltou a se encolher, lambendo as próprias feridas dentro do peito.

— Raffa! O que você está fazendo aqui?

— Assim que desembarquei e liguei o celular, recebi uma mensagem de voz da polícia, dizendo que você tinha sido atropelada. Como eu era seu contato de emergência, eles ligaram pra mim.

O celular!

— Então, peguei um voo de volta para o Rio e vim correndo pro hospital. No caminho, liguei para os seus pais. Sua mãe tá vindo pra cá também, mas só deve chegar daqui a algumas horas. Eu vou ficar contigo até ela chegar, e amanhã de manhã volto para o curso.

Line passeava os olhos pelo ambiente, procurando seu celular. Avistou a bolsa, com a alça arrebentada e a pulseira do Peter Pan pousada em cima da mesinha. Mas não encontrou o que procurava.

— Você tem muita sorte, viu, mocinha? Luxou apenas uma das pernas, apesar de a pancada na cabeça ter sido bem forte e ter te deixado desacordada. Onde você estava com a cabeça para sair atravessando a rua daquele modo?

Ela não ouvia mais nada.

— Raffa, onde está o meu celular?

A recepcionista foi pega de surpresa. Olhou ao redor e disse:

— Não encontraram celular nenhum, querida. Deve ter voado longe com a pancada.

Ela havia perdido o celular.

Não era possível.

— Mas não se preocupe, depois compramos outro pra você. Eu tenho pontos na minha operadora, posso pegar um aparelho de graça, quem sabe até um smartphone.

Ela tinha perdido o aparelho e, com ele, o telefone de Teo.

Não anotara o número em lugar nenhum. Não tivera tempo.

— Você tá precisando de alguma coisa?

Line fez que não com a cabeça.

O que ela de fato precisava era de Teo, e aquilo a Raffa não podia providenciar. Àquela altura ele estava num ônibus, na metade do caminho para Brasília. Quantas horas seriam? A que altura ele estaria agora?

Daria tempo de ela ir atrás dele ainda?

Foi então que a realidade a atingiu de vez, mais implacável que o sedã prata.

Não tinha como ir atrás de Teo, pois não tinha nenhuma informação sobre ele.

Não sabia onde ele morava, onde dava aula, onde estudava. Não sabia o telefone de casa nem o nome dos pais dele. Não tinha o e-mail dele, nem sequer o sobrenome!

Tudo que tinha era o número do celular e as mensagens que trocara com ele, e agora tinha perdido tudo isso para sempre.

Sem perceber, as lágrimas começaram a escorrer pelo seu rosto, expressando uma dor maior que a da perna luxada.

— Ah, querida, não fique assim, não...

Estava acabado. Nunca mais o encontraria. Tinha perdido o único meio de contato com Teo e agora ele sumira.

Novamente, ela tinha sido abandonada.

— Não fique assim, Line. Vai ficar tudo bem...

Raffa pegou a mão dela e tentou consolá-la, mas Eveline não ligou.

Virou o rosto de lado e chorou sozinha.

Não, não ia ficar tudo bem. Tinha perdido Teo e nunca mais o encontraria novamente. Estava de novo sozinha e abandonada.

Queria que aqueles três dias que passara junto dele durassem para sempre. Queria ter conseguido dizer todas as coisas que desejava, ou simplesmente ter dito que o amava, e pedido que não fosse embora.

Mas não houve tempo para isso. Nunca mais haveria.

Cada um tinha seguido o seu destino.

E os três dias de verão viveriam para sempre, sim, mas apenas nas lembranças de Teo e Line.

Agradecimentos

À minha família, por me ajudar com as coisas do dia a dia, enquanto eu mantenho minha louca rotina de escritora: amo vocês. Aos meus amigos, por entenderem que nem sempre eu consigo estar presente, mas que faço o melhor que posso para conseguir ir a tudo: amo vocês. À minha família nos Estados Unidos, no Peru e na Austrália: obrigada por sempre me acolherem.

Este livro passou por vários processos, nos quais pessoas especiais estiveram ao meu lado: Raffa Fustagno, Raphael Montes, JC Ponzi, Graciela Mayrink, Carolina Estrella - obrigada pelo enorme carinho e apoio. Henrique Farinha, meu profundo obrigada. Thiago Mlaker, por acreditar em mim e cuidar do meu livro com tanto carinho, e toda a equipe da Novo Conceito, por gostar de mim há tantos anos, rs. Fernando Baracchini e Milla, por apostarem em mim. Muito obrigada a cada um de vocês! ♡

E à você, leitor, que é minha maior inspiração.